· 文 脉 中 国 散 文 库 ·

风中的寻找与等待

谢复生 / 著

中国文联出版社

图书在版编目（CIP）数据

风中的寻找与等待 / 谢复生著. -- 北京：中国文
联出版社，2017.7（2023.3 重印）
ISBN 978 - 7 - 5190 - 2925 - 8

Ⅰ.①风… Ⅱ.①谢… Ⅲ.①散文集—中国—当代
Ⅳ.①I267

中国版本图书馆 CIP 数据核字（2017）第 190582 号

著　　者　谢复生
责任编辑　刘　旭
责任校对　茹爱秀
装帧设计　中联华文

出版发行　中国文联出版社有限公司
地　　址　北京市朝阳区农展馆南里 10 号　　　　邮编　100125
电　　话　010 - 85923025（发行部）　　　　85923091（总编室）
经　　销　全国新华书店等
印　　刷　三河市华东印刷有限公司

开　　本　710 毫米×1000 毫米　　1/16
印　　张　12.75
字　　数　116 千字
版　　次　2023 年 3 月第 1 版第 2 次印刷
定　　价　75.00 元

自 序

有想出书的念头，已经很久了。可是出书给谁看？这个想法也困扰了我很久。这是一个简单的问题，也许没有必要复杂化，也没有必要想许久。

可简单的问题其实也不简单。第一，业余写作几十年，却未曾将整个身心投入进去，爱好而已，所以也没有写出一篇满意的作品，总觉得好作品和代表作还在后头。第二，既然不是好作品，为什么要出版？对于读者而言不是浪费时间吗？也怕被读者看出自己的"小"来。第三，当下政治经济社会急速发展，早已进入网络信息时代，纸媒和传统意义上的实体书已遭冷落、被忽略，谁还会在意一个不起眼的小人物出版的作品呢？如果遭此不屑一顾，出书还有什么意义？

时光如梭，一晃已五十出头，人生还有多少期待？想想，原来的作品散见于一些报纸杂志，有的丢失了，找不到了，不免有些可惜。遂决定将部分作品结集出版，算是对自己多年创作做一个总结和回顾，姑且留着茶余饭后孤芳自赏吧！

本来，从文几十年，也认识了圈内不少名家，请人作序并不难，无非是请他们对我的作品评价几句、褒奖几句，我原是本色之人，又何必在意那样的风光呢？就这么交代几句足矣！

是为序。

| 目 录 |

第一辑　青涩的红果

第二辑 风中的寻找与等待

第三辑 人在旅途

第四辑　智慧的光芒

第五辑　人间冷暖

第六辑　美文赏读

第　一　辑

青涩的红果

这一刻，夕阳正美

　　呆呆红日自广袤的蓝天款款下坠，西天的云霞一片绯红，那鳞次栉比的楼台和拥挤有序的房顶掩映在夕阳中，似乎比往日更显恬静、和谐。几天来，我的心中颇为愁闷，浇了几株花木，便再也懒得做别的，站在院中发呆。忽然想起郊外的紫水河，在夕阳里总该有一番别样的风景吧！于是，便穿上衣服走出去。

　　眼前是笔直的人工紫水河，细淙淙的、缓缓流动的河水闪烁着银色的浪花。河岸不远处高耸的紫水塔和新落成不久的文化馆大楼巍然对峙，相映成趣。河岸两旁的白杨树在风中轻轻地摇曳着，树叶发出"沙沙"的轻响。自由的风，温柔地扑向我。呼吸着这清新的空气，心脾顿舒，我感到了一丝久违的惬意和慰藉。

漫步在紫水河畔，欣赏着两岸辽阔的田园风光，真是一种享受。那一块块葱绿的稻秧连成一片，满眼都是翠得泛光的基调，在轻风下，像一望无垠的绿色海洋，后浪推前浪，层层相依，涌向天涯。远处疏落的村庄散缀在海洋中，正犹如迷人的海市蜃楼，再配上这如火的夕阳，真让人觉得走入了陶渊明笔下的田园中⋯⋯

正当我尽情觅寻着大自然的旖旎风光时，从路旁的白杨树下传来了抑扬顿挫的朗读屈原《离骚》的声音："路漫漫其修远兮，吾将上下而求索⋯⋯"循声望去，一位中学生肩背书包倚着树干，正在忘情地吟诵着。再从树隙间向对面望去，文化馆和紫水塔的周围，田埂上、地头上，到处是一些中学生席地而坐，有的在静静思考，有的在促膝演算，有的在背诵外语单词⋯⋯他们都显得那么专注，那么投入，只可惜这样的时光我已经无福消受了。我已经走上了工作岗位，开始开辟人生的另一片天地。

曾几何时，每当夕阳西下，晚霞泻晖的时候，这里随处可见对对双双挽肩勾肘、情话绵绵的青年。他们在这里甜言蜜语、海誓山盟，占有秀丽的霞光无数。现在那些青年都哪里去了呢？我的目光不由自主地四处搜寻，竟然没有一对情人的倩影！他们都在干什么呢？是把这里的晚霞与安宁馈送给了这些中学生，抑或也在双双伏案读书？忽然想起我自己，不禁悲从中来。我这般郁闷清闲，满足于一份平凡的工作，是何等的卑微无聊啊！想起我的中学时代，那风起云涌、热火朝天的特殊年月，浪费了我们多少青春的热情和精力啊！如今这些中学生，是时代的幸运儿。他们如醉如痴地徜徉在知识的王国里，似乎忘记了周围的一切。这样的时光我真的无福消受了吗？我对他们又怎能仅仅是"羡慕"了得！现在是一个尊重知识、尊重人才的伟大时代，祖国正起着翻天覆地的变化，而我和与我有着同样愁闷的炎黄子孙，难道还要在抱怨历史中自怨自艾地毁灭吗？难道不该奋起直追，去赶上"四化"的匆匆脚步吗？

几天来的愁闷从我的心中彻底消失了，消失在这无边的夕阳中。

夕阳在地平线上留恋着不肯离去。银色的河面隐约可见彩色的云霞。古老的紫水塔和拔地而起的文化馆大楼沐浴在绚丽的夕阳中，田埂上、地头上的中学生的脸上也被涂抹上了灿烂的光芒。一位青年画师在画架上迅速地渲染，正捕捉着这奇妙的意境。

我回眸西天，蓦然看到：这一刻，夕阳正美！

雨 夜

夜，燥热，沉闷。穹远广博的天空被乌云遮蔽得低矮、黑暗，远方一阵接一阵的雷声迅速地滚过，空气像是凝固了，叫人感到压抑、窒息，眼看一场大雨即将来临。

"咔嚓"——道刺眼的闪电急倏地划破夜空，紧接着是一声破败的落地炸雷，震得脚下摇晃着、颤抖着。一股强风刚刚刮过，雨随即"哗哗"倾倒下来。顿时，街道上的积水便如脱缰的野马般冲刺着，奔腾着。街上的行人纷纷躲藏，我急忙奔向百货公司的长廊。

浑身湿淋淋的我站在走廊上，用手捋了捋流着水的头发，倚在身后的廊柱上，仰望屋檐垂落的小溪。一道闪电划过，我发现走廊的尽头，昏暗的路灯下傍着一个少女的轮廓。走近一看，原来是一位十六七岁的中学生，肩上挂着一个书包，手里捧着一本书，正在忘情而专注地看着，那神情像是把一切都忘记了，世上只有那本书。湿透的连衣裙紧裹着微微耸起的前胸和修长窈窕的身姿，勾勒出丰润柔美的线条。又一阵雷声滚过，天公像是发怒了，雨更猛烈地下起来。昏暗的路灯在风雨中摇曳着，少女依然一动不动，像一尊典雅圣洁的雕像！我不禁惊诧了：书中究竟有什么东西吸引住了她，使她如此专注？她一定是陶醉于知识的海洋，看到了满地的玛瑙、彩贝……

雨终于小了，一阵舒爽的风轻轻吹来，街道上渐渐嘈杂起来，躲雨的人们纷纷走上大街，街道又恢复了喧哗。少女慢慢地抬起头，用手拢了拢散在耳边的头发，闪亮的双眸凝望着夜空，一脸可人的幸福……

"A wonderful night！"

少女说完，就向街道走去，高跟凉鞋叩地的声音和那窈窕的身姿渐渐消失在霏霏细雨中……

我依然静静地站在走廊上，莫名的惆怅悄悄地袭来，若有所失，又若有所感，心中忽然跳出这样的诗句：

未来，你是什么样子？

我像一个痴恋的少女，

害着洁白无瑕的相思……

岁月低语（三则）

日　子

关上灯，眼前一片漆黑，世界显得遥远而空寂。

坐在漆黑里，我忽然意识到，我生命的一天白白地溜走了。我意识到，有一条汹涌的大河正从我身旁奔腾而过，秋雨紧跟着春风向我告别，白雪正悄悄笼盖我赤裸的旷野……

一股焦躁的潮水开始漫过我静静的心岸……

许多许多的日子，我就这样坐着，坐在这片宁静的世界里，守着时光流逝，漠然无视，无动于衷。这里没有阳光，也不见风雨；不流汗水，也没有收获；听不见喧声，也不闻音乐；没有思念、没有记忆，也没有憧憬……我的生命在一天天地死去！

偶尔偷窥一眼镜子，才恍然记得我已届而立之年，生命在一天天地走向衰老……

人生永难与生命规律抗衡！

然而，我常常忘记时光像江河一样流逝，流水带走了我金子般的青春狂热和处子般的韶华……这一切，都像空气一样不易让人察觉。在那些空白的日子里，我的心底一片荒芜，荒芜的旷野上结满忧郁……

人生的哀痛就在于最该珍惜的时候却不懂得珍惜，生命中悄然失落了人生最宝贵的东西，留给你无尽的残酷的忏悔……

流逝的大河发出涛声，带着生命的轰响，才使我有一刻真正的思考。我仿佛看到我的意志从沉睡中缓缓醒来，信念的种子已扎根于荒芜下的泥土，催生出一片绿色的希冀……

当我打开明天的大门，让生命中新的日子走进来，它还会白白地溜走吗？

夕 阳

置书于案，暝色已经临窗。这又是一个多愁的黄昏。

每天这个时候，我总是很累，但总还是喜欢走出这小屋，缓缓地踱进郊外如织的田垄，浴在淡紫色的寂静里，看夕阳沉落，听云霞说话……

夕阳坠去，我心依依……

夕阳最后在地平线上顾盼了片刻，便去追赶匆匆的黎明。湖水正悄悄地对我耳语：失去的何必再追回？

风吹皱了晚霞，也吹皱了天边的一湾湖水。

淡紫色的风，你是送给我温柔的抚爱，还是在歌唱一支古老而深情的歌？

暗红色的云，你是为诉说失血的痛苦，还是为点缀这浩瀚广袤的天宇？

生命是一条船，人生的海洋没有彼岸，生命在人生里是一种永恒的接力。

夕阳吻干了我腮边的泪，让我从打湿的记忆里寻回了失去了已久的自己。

啊！夕阳，你不是结束，而是开始……

草　坪

公园里，你躺倒在一丛葱郁的草坪上，躺倒在一湾湖水的旁边，躺倒在一个多情的夏季……

破碎的星光一眨一眨。

你成为一道最美的风景。

你是无声无边的大自然的梦，静静的没有虫叫没有鸟鸣，只有青青草坪伸向天际的葱郁铺陈，只有粼粼湖水发出的蓝色波光，只有你对着小草唱出低低的爱语呢哝……

心静如水。天空纯净而高远。

你把一切都交付给了自然，交付给了人类，一切都不再属于你自己，就连生长的姿势，所占有的空间位置，都服从于人们审美的要求和欣赏的习惯……

云聚的时候，你的眼睑压得很低很低。

雨水骤至。我依依向你告别，头上已垂挂起条条小溪。透过小溪，我再次向你凝望，你如初生的婴儿大口地吮吸着母亲的乳汁，我感到了生命的美丽、兴旺与可贵。

站在雨中，我看到一片透明，一片昏暗，一片朦胧……

我裸露的胸脯任雨水敲打，任雨水恣意地横行，横行在我的整个身心……

青涩的红果

　　我的三间新居是紧挨着旧居而建的，面南而立，位于村子的东头儿。小院儿围墙的东西两边各有两排高大的白杨树，是几年前父亲带领我们兄弟三人亲手栽植的。因为家里人口多，加上我工作的需要和喜欢清净的原因，我和二弟便很奢侈地拥有了这个居所。中间是客厅，两头分别是我俩的卧室。

　　搬进新居后，我就开始利用业余时间布置和打扮属于我们兄弟两人的院落。沿围墙种植了丝瓜和豇豆，白杨树下是牵牛子。沿人行道两边栽植有修剪整齐的冬青。在院子的中间，硬化了一个6米见方的水泥地面，是我和我的朋友们夏夜乘凉聚会、聊天唱歌的地方。沿水泥地面周围，分块种植了很多花草，有秋牡丹、月季花、晚饭花，还有那满地铺陈的草坪和紫色、蓝色、白色、黄色的细碎小花。在院子的一角还栽植了几株紫薇和红果。这些植物虽然都不名贵，却让我这个小院成为绿色的海洋和花的世界，充满了无限的美丽和蓬勃的生机。

　　每当我从学校下班回来，总喜欢在这个院落里散步和遐想，或者在树荫花丛中坐下来写几页文字，或者在夕阳晚风中立于草坪读几页书。风声过耳，鸟鸣悠悠，此时真的不知道世界上还有没有比我这样更安谧、更惬意的生活了。

　　我于小院散步的时候，常常在那几株紫薇和红果前驻足。紫薇开放的时间较长，粉红的花片色泽艳丽，煞是好看。那几株带刺的红果，最让我关注。从花蕾绽放出白色的花瓣儿，到花瓣落下，我一直期盼那些果实的生长，守望果实一天天长大。等待是漫长的，青涩期是漫长的，尽管只是一个短短的季节。要知道，这是我的小院中唯一的"果木"啊！等待中，我给青涩的红果施肥、浇水，从花瓣儿的落下到青果的显露。那些果实青青的，密密的，一蓬蓬，簇拥在一起。果蔓慢慢生长，青果慢慢分开来，逐渐长得浑圆饱满。终于见到果实挂红了，开始是浅浅的一点点儿，一天一层染色，直到颜色变得深红，深红中分布着一些规则的白点儿，红艳欲滴时，果实就成熟了。

　　红果这一青涩到成熟的过程，让我的心中始终充满着期许和关爱，也始终充满着欣喜和慰藉！

　　红果很普通，不需要打枝除草，不需要特别呵护，甚至不需要施肥。在山坡、在路旁、在田野、在庭院，到处都可以生长。它虽然普通，却有着很多宝贵的作用，给人以营养。它富含维生素、山楂酸、柠檬酸、黄酮类等，有醒脾健胃、降低血脂和缓解动脉硬化的疗效，常食可预防心血管疾病；还富含蛋白质、氨基酸、胡萝卜素等多种营养物质，其钙、镁含量更高居各水果之首。

　　我知道，每一枚红果都是因为有了土地的滋养、雨露的呵护、阳光的照耀，才有了这诸多对人类的益处。就红果本身而言，索取与付出是不成比例的，而其漫长的青涩期正是它孕育这些宝贵物质的过程。正如人的一生，青春期就是一个生长和储备能量与知识的时期，人生的价值与辉煌都在于未来的奋斗之中。

月 夜

月夜，静悄悄。

我躺在床上辗转反侧，心中烦闷得很。几天来，妻总和我闹别扭，说我在外面乐呵呵的，回到家中就愁眉不展。

妻说的是实话，但我又能怎么办呢？对上级恭敬地赔笑，怕领导说我骄傲；对下级报以谦和的笑，怕群众说我架子大。上班笑得神经发紧，回到家中才可以沉下脸来自由地思考，有时甚至无理由地板着面孔。这样，心中才似乎得到了一丝平衡。

月儿的银辉洒上了我的床帏，柔润、幽静。

妻已睡下了，打着轻微均匀的鼾声。我悄悄地起床走到屋外，站在月光中。

月色如水，默默地覆盖了我的双肩。我的心中顿生出柔软的情感。

我缓缓地走在月色中。皎月，姣月，柔柔的，幽幽的……

白天机关里的繁杂已远我而去，妻絮絮的牢骚也从耳边消失，心中的忧烦淡去了，淡去了……

月色真美！月儿，柔柔的，幽幽的。

我傍着一棵小树，思维远离了时空，自由自在地驰骋……

月儿，幽幽的，柔柔的。

淡淡的月色中，有一个宛然的白色的身影向我走来，轻轻地，缓缓地。

啊，是妻。

月光下，她的脸上没有了愁容。她给我披上了外衣，轻柔地依偎着我："回去吧，外面凉！"

我抚着她瘦瘦的肩，肩上一层凉凉的夜露，一股愧然的情感袭上心头："你先睡吧！我再走走。"

"我陪你。"

"嗯。"

"都怪我不好！"

"不，我在外面笑累了，在家想……"

妻用手堵住了我的嘴："别说了，我理解……"

我紧紧地揽过妻。

妻的眼中涌动着泪光。

月儿，柔柔的，幽幽的。

我仰起头来，天空中那条玲珑的小船在茫茫云海里轻轻地划动，悄悄地漂流，沿着自己的航线默默地行走。它一会儿钻进浪峰里，一会儿跳出波谷来，悠悠，悠悠……

雪 夜

雪，漫天狂舞。

雪夜，我顶着一头白发奔走。

皑皑白雪铺天盖地，晶莹闪亮，白光逼眼，不见一丝尘埃一丝污垢，不见一丝浑浊一丝荫蔽，不见一丝赤裸一丝幽暗。

这个世界除了洁白还是洁白。

我顶着一头白发奔走。

远处闪着蒙蒙的雪雾，所有村庄的房屋、树木在雪雾中不见了。我眼前一片缭乱，忽然没有了方向感，不知道自己该朝哪里走。不知昨天那些熟悉的如织田塍埋没在哪里，昔日那些踏行的纵横阡陌伸延向何方。我站在一个明显高于周围的雪堆上，也不知道脚下是何处，是一垤丘吗？是一座坟吗？也不知道自己的脚该迈向何方。

没有了目标，就没有了方向。

我不能止于在这里观望，只好走下雪堆，不明方向地前行，一任地走。相信只要走下去，就一定会寻找到目标，就会寻找对方向。

啊，前方终于看见了一条黯然的道路，细细的，蜿蜒着，蛇样儿的沉默。

再往前走，蒙蒙的雪雾中逐渐清晰起来，那是一脉细细的河流。因为流水，河流没有被覆盖。

河那边是一座村庄，整个村庄淹没在白色中。村庄里没有鸡鸣，也没有犬吠，只有一个个高低不齐的黑色门洞。我知道这不是童话世界里的城堡，是我熟悉的某个地方了，是我必须要经过的某个地方了。

目标找到了，我就有了方向感。

雪仍在簌簌地飘落，极快地抹去了我行进过的脚印。是白雪不让我恣意践踏呢，还是白雪要覆盖掉一切污垢与荫蔽，伪装成暂时的圣洁?

　　地上的雪越积越厚。愿这雪不停地落，不愿看见一丝败叶和残破，一任大雪飞舞，彻夜不息，心灵得到暂时的休憩。

风中的寻找与等待

致 JM

槐香时节，我远离家乡，加入了一支浩荡的队伍。

当一群青年在长江上落漂的时候，我正在我们的荆棘路上艰难地跋涉。

那是一条通向人类智慧之巅的路。

我感到很乏力，口焦舌燥……

我想退缩，已不知道是从何处来，要往何处去。于是，我呼唤、呐喊，沉沉的大山只给我空灵的回响……

你来了，站在遥远的山口，捧给我一片柔媚的月光。

我踩着你的月光，一直前行。走进你的原野，走进你的小树林，走进你五彩缤纷、富丽堂皇的殿堂。

我继续跋涉，怀抱着你的痴情，一路踩着你的月光。

你的月光是我的生命泉。

那条河……

蓝天、白云、和煦的日照。

你走来，从那片银灰的沙滩上。那片广袤的黄沙被一湾清流环绕，很美。

你是从那湾清流中走来的。你告诉我那是官渡河，河那边就是你的家。

我站在岸上向你招呼，你不理，用眼嗔我。你赤着脚哼着歌沿着水边轻轻地跑，踏起的水雾笼罩着你，长长的黑发随风飘起，悠悠然羽化欲仙……

你跑累了，让我也赤着脚和你一块儿捡贝壳，在沙里淘“井”。你说那“井水”可清澈、可净、可甜了。我懒得脱去鞋袜。你噘起了小嘴，将水洒向我，样子真逗！

我怎么能不顺从你呢？

我们孩子似的玩得好自由好开心啊！你定定地望着我，妩媚地笑了，那笑好纯、好真、好美、好难忘。

风在岸上的树林中弹拨，河面上笼罩着极淡极淡的水汽。我拉着你纤细的小手在水边悠闲地散步。我多愿我们的生活永远悠闲，如这散步。

我们躺在沙滩上看云。

“我真想游泳！”你忽然坐起来，捋着长发。

“我也想！”

“那……我俩……”

“小傻瓜，你闻闻菜花正香呢！”

你又噘起了小嘴，眼里透着一层淡淡的失望。

“夏天，你来吗？”

“来，一定！”

我来了。我走向那片黄沙，那湾清流。

水边坐着一位少女，正对着清流遐思……

我来了，带着五年的沉重记忆走向了河边。我想，那少女有什么不快吧？她一定需要安静，我远远地绕开了。

绕过少女，却怎么也绕不过我自己。我想你就是那孤独的少女，哀怨地坐在那里，一颗恋恋春心在期盼，期盼着那一个遥远遥远的夏天……

冬天的馈赠

冬天，是一个漫长的、充满考验的季节。

圣诞老人刚刚送过节日的礼品，东方的春节又姗姗来临。人们在经受了漫长的严寒之后，迎接着一个温暖的季节，迎接着20世纪90年代的第一个黎明。

新春伊始，万象更新，960万平方公里的土地上收获着冬天的馈赠，也收获着遍地甜美的春之声：

汩汩，解冻的河水缓缓流淌；

簌簌，松枝上的冰凌纷纷坠下；

呢喃，剪柳的紫燕飞舞；

滴答，晶莹的春雨飘洒；

滋滋，破土的生机灼灼其华……

大地仿佛一个母亲的躯体，清洁的流泉濯净肌理的尘埃，呈现出光彩照人的肤色。万物抖擞尽冬的疲惫，轻快地走向太阳下的田野，复苏的绿色捧起一个个璀璨的希望。

春，写满了多情的诗行。

五月的忏悔

我的小窗一直紧紧关闭，从未开启。

在这个五月，我悄悄地打开。

我的世界一片明媚……

五月的季节，黄昏悠然走来。我们跟随悠然的黄昏去河边散步，黄昏写满一河梦似的微笑，河水为我们摄下一帧梦也似的留影。

扶着窗棂，窥视我的世界。你走近我的窗前。

我唱了一支歌，是唱给五月的。

五月，是一个爱情的季节。

我怀着一颗负罪和虚妄的心，写下了一页怯怯的、涩涩的诗笺。

你飘然而至，在我的窗前轻轻地叹息，又飘然而去……

我捧着你的叹息，认真阅读……

我的小窗重新关闭，室内一片昏暗。是上帝不忍看到室内的惆怅与孤独，还是将我执着的爱深藏？

我想追赶你，可是不见你回头。匆忙的人生没有机会让我对你再说友谊……

五月，我的五月……

也是一种结局

　　总记得你娇小的身影，总难忘你明媚的双眸。

　　我渴望能再见到你，渴望了十年时光。十年的等待，使我成为空白。

　　你终于来了，近在咫尺，那么真切，真切得让我如同走进十年前的日子。透过十年的烟云，重新把你凝望，我的内心不再孤独也不再悲伤，我的岁月洒满温煦的阳光。

　　我们相识在那座山城，那座山城小巧玲珑，如一件珍奇的玩具盛满了我的童年。那时，鲜花朝露，我们正值人生的早春时节，春雨曾打湿过我浓密的黑发，春风曾掀起我内心深处珍贵的情愫，于是，山城成为我的第二故乡……

可你知道吗？我又无数次地走进那座山城，让季节雨淋透我的灵魂，在我们并肩走过的路上找寻，找寻我失落在那里的记忆和梦想……

你无论走到哪个檐下，都一直沐浴着我关切的目光。

十年漫长的时光，我不知道你会不会偶尔念及我，就像无意地瞥一眼窗外飘零的落叶？你可曾在梦中挽留我的影子，就像一只穿透晨雾的小鸟，抖落一地翼上的疲惫？你是否会感觉到，很多时候，我伫立黄昏，轻轻呼唤着你的名字？你会不会在某一个晚上，偷偷开启我旧日缠绵的信札，甜蜜如当年，心中有一种怯怯的羞涩和激动……

我的要求多么可怜，我的心愿多么容易满足！然而，也许你尚且不会……

哦，你来了，那么真切地站在我的面前。我眼角的皱纹写满辛酸，我沉重的步履踏遍坎坷，但这些都不能说明成熟，我是一个永远长不大的孩子……

你还是走了，来去匆匆，生活只是给了我一个短暂的微笑，瞬间即逝。

我两手空空，只能用沉重的叹息去填补无聊的时日。失去的永不会再来。

假如时光可以倒流，假如让我重新生活一次，我会以另一种形象、另一种姿态走入你的世界。

迟开的栀子花

时令已是冬季，天气有些阴冷，我从园中的花坛边走过，偶然发现有一朵盛开的栀子花——我没有看错吧！栀子的碧叶丛中分明开放着一朵洁白、弱小的花朵！

我惊异地走上前，轻轻地抚弄着它。它那洁白、丰腴的叶片散发着浓郁的香气。我于是轻轻地撷取它，把它捧在掌心。这一刻，我真不知道该如何表达心底迸发出的喜爱与愉悦！

栀子花，我慕恋的花儿啊，你是何时含苞，又是何时绽放的？我天天从园中走过，怎么没有看见你？你悄无声息地开放在我的园中，那么孤独，那么瘦弱，那么忧郁，那么冷漠。然而，我也同时发现你那么热情，那么坚韧，那么丰美，那么冷艳。

没有百花争艳，方彰显你独特的风姿。没有春风春雨的抚慰，才流露你坚强的性格。我捧着你，吻着你的叶片，吮着你的芳香，内心的激动简直无法自抑——全能的大自然啊，你造化出了一个多么高尚瑰丽的灵魂！

栀子花，我慕恋的花儿啊，你为什么姗姗来迟，为什么要凌寒开放？你讨嫌人们对春天的赞美吗？你厌弃招蜂引蝶吗？你也许悔恨自己不该是一朵花儿吧？也许希望自己是一株小草吧？可你毕竟是花儿，也毕竟开放了啊，而且开放得如此俏丽！你赐给了我生的意义和活的光辉——在我这满眼荒芜的冬之园，你知道你带给了我多么融暖的春色吗？在我这孤独寂寞的心中，你知道自己有多么高贵可爱吗？

我捧着这朵玲珑迟开的栀子花，感激与兴奋在心中勃发。此时，我才顿悟内心原来藏着那么多的幸福与欢乐，也才隐隐地感到我那潜在的精力与热情有多么充沛、炽热。

……花期有限，不能永远开放。人生是短暂的，不能永久地存在。我甚至后悔自己怎么忍心将这美丽的花儿撷取。它不会凋零吗？不会枯萎吗？当然，会的。然而，我马上又原谅了自己。人生不也如这花儿吗？短暂，虚弱，来去匆匆。但谁又因此而不去追求、不去奋斗呢？不能让人快乐、不能奉献的美是最无意义的。花期虽短，人生虽短，但无限博大的世界是无数的瞬间联系的结果，那一刻便是永恒！

迟开的栀子花啊，我的人生事业也如你一样，虽然迟到，却仍可开放，而且凌寒开放，必然会开放得轰轰烈烈、灿灿烂烂！

我们不是都在追求短暂中的永恒吗？

迟开的栀子花，我祝福你！我已将你藏进了我最温暖的心中，让你永远开放，让你永恒！永恒！！

月 季

我的案头放着一束鲜活的月季花。

月季，是一首清新、精美的诗。

然而，在城里，月季却因常见，其美被人渐渐淡忘。

昨晚，你兴冲冲地闯进我的书房，手中拿着一束含苞待放的月季：一朵嫩黄，两朵紫红，两朵嫩红，两朵洁白。我素有女子般的温情，见到这些花蕾，很是感动！

我的住处没有花瓶可以供养，你从墙角找来一只弃置在一角"卧龙玉液"的酒瓶。我这时才注意到那酒瓶是这般精致、典雅，简直是一件花瓶工艺的精品！

你将空酒瓶盛上水，把月季插入其中。

灯光熠熠，花瓶与花束像一帧精巧、细腻的剪影，又像一幅凝重、隽永、深沉的逆光画，而那淡绿色的窗帘正是一个大画布，这完全是印象派画家的杰作！画面宽阔的空间给人以无限的想象……

我和你都震惊了！

早上，我从熟睡中醒来时，这间小小的书房里漾满了温馨香馥的气息。啊，书案上的酒瓶里绽开了七朵美丽的花！

我定睛凝视着它们。

窗外秋风萧瑟，落叶纷纷，响于我的耳畔；室内鲜花竞放，芬芳多姿，照亮我的双眸。啊！月季啊！我只能供养你以一泓清洁的流泉和一颗洁净的素心。我知道也许不久后，你们的叶瓣就要凋零，但你们给了我内心的欢愉，我也给了你们示美的机会，总比在苑圃中被人忘却了好吧？

月季，你一直供养在了我的心中。

月季，你是一首清新、精美的诗。

那山，那水，那人

　　贤山的山美，南湾的水秀，那人呢？

　　那是一个一年中最美的季节。

　　那天，我从郑州大学请假回来，参加在家乡举办的"河南省老区题材文学笔会"。她与一位玩伴儿去火车站接我，令我感到十分意外，也十分高兴。见面的一刹那，我激动不已。简单寒暄之后，她与我相约第二天早上骑自行车去南湾玩一天。那时，我的小心脏都快有些承受不了了。

　　都说南湾是个好去处，我还没有去过。她在信阳市工作生活，自然是去过的。贤山林木深秀，披纱着翠。南湾澄清碧透，波光潋滟。泉鸣鸟唱，山水相映。身临其境，我真想象不出世界上还有比这里更美的所在。

　　青山、绿地、亭台、鸟岛、游船，这一切对我无不充满着梦幻和诗意。

　　久闻南湾有"小西湖"之称。我们进入游览区时，天阴沉沉的，要下雨的样子。眼前是一幅朦胧迷离的山水图。她说，天气凉爽，正是爬山的好时机。我们沿着蜿蜒的山脊盘旋而上，一路欢歌笑语。林间弥漫着金银花儿浓烈的香气。山上野花灿烂，曲径通幽。鸟瞰南湾湖在一片浓雾中，水天一色。湖中的鸟岛犹如云中的琼阁仙山，深邃幽美，又宛若披着轻纱的少女，飘逸端庄，如梦似幻。这时，身边飘起一曲甜美的歌："情人山，高高的情人山……"

　　我们从山上下来，雾已经悄悄地散去，温馨的风儿迎面轻拂，和煦的阳光洒满双肩……我们来到水边的一处平台。一望无际的湖水泛着粼粼的波光，层层涟漪吻着脚下的平台，让人犹如置身于无边无涯、烟波浩渺的海边……她倚在栏杆上，和风拂弄着她的披肩长发，阳光斜照在她娇美的脸上，漾起一阵绯红，一双美目深情地望着那山、那水，望着水中泛舟的男女……

　　我俯身掬起几朵浪花，用温唇吮去，一股清甜随即沁入心脾。我惊奇，这南湾一湖秀水流向何方？是西湖？还是漓江？

　　她沉醉于山水，我亦沉醉于山水。南湾的碧波已深深摄入了我的记忆……

　　我们绕过"贤山阁"，来到一片草坪上小憩。这里很少有人涉足，是一个僻静的所在。柔软的草坪上，散缀着星星点点的野花儿，那丛快要凋零的野玫瑰旁隐约一抹红色，啊，是野草莓！她激动地脱去鞋袜，赤着脚走过去，轻轻采撷起一枚，缓缓送到鼻子下嗅着，放到嘴唇上吻着，姿态是那般的姣好、撩人……

　　初夏，在我的心中已经是一个无边无际的彩色梦幻。

　　燃烧的夕阳送我们踏上归程。我采下贤山上的几片树叶，撷取了南湾的几朵浪花，还有那帧栏杆上悠然迷人的剪影，夹进了我的日记，放进了我的心窝……

温馨的河流

因事业之缘，我们相遇在一个狭小的世界里。

你我之间，有一脉温馨的河流。我的目光常常越过那脉细小的河流，将你凝望。凝望你宁静的思索、恬静的微笑。凝望你，使我激动，使我纯洁，使我高尚。凝望你，如卧在绿茵上读一页美文，如躺在秋夜里赏一轮羞月……

而你，总是低眉躲闪，惶惶如一只可人的小鹿。

其实，你也无法躲闪，你我之间只隔着一脉细小的河流，两岸近在咫尺……

隔着河流，把你凝望。你的言谈举止，你的气质、个性，无不透着一个东方女性的美好特质！你温文尔雅，落落大方；

你清纯高洁，卓尔不群；你聪慧伶俐，善解人意……造物主把你塑造得如此美妙一多少次，我想对你说，你不知道你自己有多么美好！

你不知道，我走过坎坷，走过磨难，走过三十年风风雨雨，如一只漂洋过海搏风斗浪的小船，终于泊在了一个平静的港湾。这个港湾里没有凄风苦雨，没有惊涛骇浪，没有欢乐，没有文学，没有音乐，也没有爱情……我是一个跋涉者，习惯了漫漫苦旅，在漫漫苦旅中体验生命的意义，无福消受这令人窒息的平静。我多么需要一种心灵的激励去唤醒原本应该辉煌的人生！

有一天，一丛鲜花悄然开放在那脉细小的河流上。

这丛鲜花蕴含着你多少良苦用心……我知道，你的心是一座设防的城堡，很难走进。

河流依旧。

我想，这样很好。我不忍心去惊扰你无虑的梦幻……

我依然凝望，神情平和地凝望鲜花，从鲜花的缝隙里凝望鲜花那边的你。

凝望你，凝望你，你是我心中的惊叹！

隔着鲜花，你的目光再也无须躲闪，双眸可以直视鲜花，心无负荷，轻松坦然。

无意间，鲜花成了我们关注的焦点。

多了一丛鲜花，反而多了一层神秘，多了一种莫名的诱惑……

人生就像我们之间的这脉温馨的河流，匆匆地流淌，流去欢欢笑笑、苦苦乐乐，荡涤去好多人世的尘埃，留下的是干净明亮的河水……

鲜花，有了意外的意义……

河流，有了无言的默契……

一种风景

　　三月来了，满世界热闹灿烂起来。春天的气息四处弥漫，四处流淌，让人坐不了待不住，总想走出去，走到大自然中去寻找春天，领略春天美丽的风景，释放一下长长冬季积淀下来的疲惫与困顿，让整个身心沐浴在柔和的阳光里，浸泡在温馨的清风中……

　　一个晴朗的上午，我与你走出拥挤喧闹的城市，走到那一片阡陌交错、山水相依的原野。我们登上那一脊低矮的小山，坡地上蓊郁的麦浪和满眼的油菜花相拥其间，环绕着一湾清澈的湖。远村在淡淡的清风中隐约可见，近处的树枝上正绽放着勃勃生机。面对此情此景，我们不禁从心底发出一声惊叹，惊叹大自然的笔墨竟能渲染出如此动人的杰作！

我们被震撼了，迷醉了。但我们没有表示出过分的激动，也没有赞美。我知道，此时此刻，我们的心完全被这风景带来的震撼占有了。我伫立在那里静静地凝望，你却沿着坡地上的小径轻快地在春风中穿行，一直走到风景的深处。麦浪随风起伏，一波连着一波，像对你鞠躬，又像对你颔首。黄色的油菜花在阳光下晶莹闪亮，芳香直扑鼻腔。你不由放慢了脚步，款款地走入黄色的海洋中，两边的菜花牵扯着，不让你走，抚着你的脸颊，弄着你的衣衫，挑逗一般，以至于我分不清哪儿是菜花哪儿是你。

我依然静静地凝望，在凝望中等你走出来。等了很久，也不见你。你被黄花淹没了，你真的与花儿融为一体了吗？我开始呼唤你的名字，亲切地呼唤你回到我身旁来。等你依恋地走出花丛，沾了你一身的花粉、花瓣，你不知道那一刻我有多激动！看见我盯着你的衣衫，你才慌忙地用手掸掸那些花粉、花瓣。其实你不必掸落，那花儿开遍了你的全身才开出了一片可人的灿烂。

玩累了，我们在田埂上小憩。坐在那里，品读风景，怡然自得。大自然真是神奇！它创造的风景如此妙不可言，是任何画家用任何颜料都描绘不出来的，让你根本想不到还能挑剔出什么，恬适和谐，浑然天成。此刻，我在窃想着一些简单而深奥的问题：

麦苗为何能分泌出这么翠绿的色素？菜花为何是黄色，而且黄得如此晶亮？

你坐在那里，宁静地凝望着远方，目光痴缠。忽而，你淡而美丽的眉峰轻扬，玲珑的大眼睛新月一般的明亮、剔透，似乎饱含着人类所有的纯洁和善良。温和的风掀动着你的黑发，你似在忖念着什么，又似在畅想着什么，抑或是沉醉在这无尽的春色中……

守望着你恬然沉思的样子，我不由怦然心动。我想，爱，也是一种风景，一种张挂在心灵空间的美丽风景。唯有深情的目光，才不会碰伤新鲜的色泽，使之永远鲜亮迷人，如这三月的风景。

风中的寻找与等待（两则）

寻找你

我寻找你，苦苦寻找了很多年，曾为此徘徊，为此忧伤。

我寻找你，仿佛寻找了一个漫长的世纪。

为了寻找你，我饱受了无数次情感的折磨，几乎绞断了柔肠。如今，你来到我身边，与我相处，与我相叙，让我真切地了解你的全部郁闷和痛苦，我才知道我们的心已贴得很近很近，仿佛你是专门在这里等待我，已等待了很久很久……

当我听你诉说，如此真切诉说的时候，我的全部感觉和感知被你占有，我的躯体已不复存在，只有灵魂追寻着你那微微起伏的小嘴，泛出凄楚与苍凉……虽然看不到你晶莹的泪水，但分明听到你的心在哭泣。你单薄的双肩承受了多少无辜和不幸，你纯洁的心灵忍受了多少屈辱和欺凌……我再也难持一副沉静的面容听你诉说，胸中腾起一股难抑的悲愤与爱怜！

一朵娇艳的花儿遭到践踏，一个鲜活的生命遭到摧残。而我，除了悲愤与爱怜，还能有什么呢？除了一颗炽热的心在流泪，又能怎样？

我的心是质朴的，没有人守卫，没有雕花的四壁。这里是柔美的，住着爱的天使，唱着诚实而正直的歌。那涌起的泪泉啊，为了洗涤你往昔的疮痍，又常常从我们梦境中流过……

我知道，我也许无法救赎一个人的灵魂，也很难抚慰你那颗受伤的心，但我要对你说，人应该珍惜生命中的相逢，怀着一颗赤诚之心朝前走。尽管生活到处都是风波，只要你打开自己的心去生活，就永远不会在风波中沦落。

寻找你，我不知疲惫；寻找你，我不畏艰险；寻找你，是我一生的任务；寻找你，就是寻找我的全部欢乐。

散　步

异乡的城市里，我与你一起散步。

　　那一次的散步距今已经很久了，当我每每看到你走近我身边，彼此表现出漠不关心的时候，当我每每想对你说点儿心里话而又不能的时候，我感到了人的虚伪和悲哀。

　　那个晚上，在异乡的城市，我与你一起散步。我们默默地往前走，似乎也没说什么，只偶尔抬头望望上空的月亮，侧耳听听城市马路的喧闹。我知道，我们无须说什么，说什么都毫无意义，重要的是我能与你一起散步。这就足够了。

　　那一个晚上已成为永恒的记忆，但那种平和舒爽、悦心怡情的美好感受却时时从我心头漫过，如潮如汐，使我永远珍视那一晚的默默无言。我仿佛感到一下子回到了初恋时节，有了久违的灵感和冲动，想写、想跳、想喊，胸中充盈着一股我无法想象、无法言说的激情……然而，我也悲怜，为什么只有在异乡的城市里，我与你才能一起散步？

　　散步，在生活中是一个多么不值一提的行为。我有过无数次的散步，而那一次的散步却如此让我梦萦魂牵！我与你相处了很久，我没有料到我会燃起情感之火，但你的举手投足、你的气质神韵总让我怦然心动！你娇媚而不失大方，你素雅而不失高贵，有如"清水出芙蓉，天然去雕饰"。我在不知不觉中被你征服，被你感化。我不能不承认，我的心在那个晚上被你轻松地掳去……但我不敢言爱，因为一个"爱"字被人们用得太滥、太俗，我也害怕拒绝，害怕因此而失掉我们之间特有的那种默契、那种氛围……

　　世界是永恒的，爱是永恒的，除此之外，还有什么东西是永恒的呢？

　　我与你一起散步，如水的月光洒满你我的双肩。在那无边的月色中，我感到人与大自然相比，是渺小的、微不足道的。而人是大自然中的精灵，大自然赋予人的则是比它本身更精妙博大的人的内心世界。这个世界傲岸高远，凝集着睿智和神秘，如果没有这样如水的月光，那么整个寰宇将是令人战栗、惶悚的荒漠与苍凉……在异乡的城市里，我与你一起散步。那散步轻松自如，安详平和，任凭思绪在晚风中飞扬，我多想那街道没有尽头，一任我与你慢慢地并肩行走；我多想我们的生活永远怡然、悠然，如那散步……

人在旅途

西大山，风景在前

西大山，当地人多叫它"西寨"，坐落于新县城西。这里林壑深秀，泉源甘美，气候宜人，是豫南一处不可多得的避暑胜地。

汽车到了车站，下车站在原地，就可以看到西大山清秀的林木和巍峨的山脊。出车站向南再往西走约五百米，便来到了西大山脚下。仰眺山顶，只见山峦叠嶂，烟遮云障，好一幅气势磅礴的水墨画！山岚紫雾缭绕，宛若披纱着翠，美妙端庄，更有一派凛然气势。那雄居群峰之上者就是西寨了。

我们沿着陡峭的山路蜿蜒而上，来到第一个隘口。这里怪石林立，峭壁如削，过去游人到了这里都要用手攀着石头，一步挨着一步地蹒跚而过。稍不注意，就有坠入深渊的危险。天长日久，石头被摸得溜光锃亮，猴猿难攀，这就是著名的"万人摸"了。如今这里已经炸平，游人可以凭栏而过。

站在这里向上望去，有一条银色的瀑布从十几米高的悬崖上宣泄而下，直落深潭，恰似银河倒挂，白练空悬。咚咚水声，响于山谷之间，蒙蒙水雾，飘于水潭之上。此潭形如一弯新月，当地人叫它"梳子潭"。潭水清澈明亮，深不见底，相传有个樵夫为了试探潭水的深浅，把砍了一天的葛藤拴在了一起，一端捆块石头沉入潭底，结果葛藤放尽，还没有见底。

山路一转，又一幅绚丽的画图：山腰上游人点点，沟壑里芳草萋萋。突然，我的眼前一亮，山坡上开满了杜鹃花，像火，像霞，这儿一片，那儿一丛，在这满眼绿色的基调中显得那么红艳、俏丽，就像哪位不吝色彩的画家，泼尽丹红，染遍山岭。时而随风吹来兰草花儿的幽香，如涓涓清泉流入鼻腔，沁入肺腑，熏人欲醉。

上山的路蜿蜒陡峭，时而拾级而上，时而攀缘而行，一路景象变换，一路惊诧不断，不觉间已经是汗流浃背，气喘吁吁。

我们来到了山顶，要经过一道石门。这石门虽已毁于战火，但两根石条砌成的门柱依然屹立在道路两边，像两个威武不屈的勇士。进入石门，里面的景致引人入胜，美不胜收，可谓："不必桃源路，山中别有春。花肥百鸟闹，怪石欲吞人。"游"龙井"，穿"石林"，过"太平洞"，览"一线天"，一路寻觅，一路欢笑。

太平洞并不深，洞口的石门上刻有"太平洞"三个字，字体气势狂放，遒劲有力，如骏马奔腾，据说是唐代著名书法大家张旭的手迹。洞口不大，人弯着腰方能进去，洞内可容纳二十几人，大自然把洞的四壁描绘出了很多奇异的图案，给人一种神秘莫测之感。当你从另一个洞口出来，顿觉春光明媚，空气清新，神舒气爽，耳目一新。

一线天是一条长三十余米、深十余米、宽仅一米的峡谷，行于其间，仰望蓝天，如一条玉带。整个峡谷像一刀切出的两块儿。这里有一个美丽的传说。相传这儿从前是一个山洞，洞内住着一个蛇精，它看中了山下一位美丽的姑娘。一天，正当姑娘同她心爱的小伙子举行婚礼的时候，蛇精忽然兴起妖风，把姑娘摄入山洞。小伙子追赶到这里和蛇精战斗了七七四十九天，不分胜负，杀声惊动了天上的王母娘娘。她从发髻上取下银钗在空中轻轻地画了一下，随着"咔嚓"一声巨响，山洞炸开了，洞外的巨石豁然裂开，蛇精被劈死了，小伙子终于救出了姑娘。从此，这个地方便成了今天的"一线天"了。

距"一线天"不远处有一个"养鱼池"，算是山上的著名景点了。新中国成立前，西大山是曾刘两家大地主的游玩所在。每年一到夏天，他们就带着太太、小姐们乘坐滑竿到山上来避暑，强迫农民把这里建成一个大寨子，作为他们的乐园，"西寨"故而得名。养鱼池本来是地主们在山顶养鱼玩水和垂钓的地方，修筑山寨的围墙时，为了镇压那些农民，他们竟然不惜将"养鱼池"改作水牢。在这有两间屋子大小的水牢里不知道有多少无辜的农民被活活淹死！现在，池中杂草丛生，污水散发出臭味儿，虽然已经失去了昔日的阴森威严，但站在这儿，似乎还能够听到那些无辜农民的愤怨声，山谷中回荡着地主的笑骂。

在"养鱼池"上举目四望，周遭很多山石形状怪异，千姿百态。有的活脱似蛤蟆，有的状如巨鹰，有的酷似孙猴儿，有的宛若奔鹿。当我目不暇接地转过一道山梁，顿闻山风呼啸，松涛轰鸣。原来走入了两山连肩的接翼处，山风猎猎，雾翻云飞，风弹拨着松针，像无数琴键奏出的独特曲调，汇成浑厚雄壮、气势磅礴的交响，回荡在这两山相间的幽谷中……

西寨，来了一次，我便记住了你。你没有藏在深山大壑里，就在新县县城的一隅，是那么亲近和自然。你美丽端庄，不再是私人的山寨和花园，而是普通民众随时都可以登临游览的好去处。我们去寻的一路都是好景色，无限风光总在前，不觉得累，不觉得乏，直达无限的美丽。姑且还是叫你"西大山"吧，尽管这只是一个方位的命名，少了许多文化味儿，但毕竟你最美的风景已经不再属于少数人的了。

村前的小桥

　　我的村前是一条蜿蜒的小河，河水一年四季涓涓流淌，如一首低婉和谐的乐曲，柔润、悠长，河上横卧着一座古老的小桥。

　　小桥是一座石板桥。桥面由褐黑色的条石构成，两墩三空，每空三块共计九块条石，距离均等。每空居中那一块桥板形成一条很深的、笔直的半圆形凹槽，显然是经久弥年留下的车辙印痕，可为什么是一条车辙呢？莫非是独轮车的轨迹？桥墩由褐黑色的菱形和方形石块构成，经过精工巧匠的锻凿和打磨，条理清晰，古朴典雅。桥头立着一尊石猴，每年夏季小河涨水的时候，小桥常常被水淹没，这时村里的老人们便蹲在桥头守望着石猴。据说水一旦淹没猴头，河两岸的庄稼就要被水淹没。

石猴总是昂着那颗不屈的头颅，在浊水中挣扎，把希望高高地举起。

小桥的年代已很久，修筑年月已不可考。我在小河的岸边长大，如果说小河是抚育我成长的保姆，小桥就是我酣睡的摇篮。很小的时候，我常依偎在奶奶怀里，听她讲爷爷的爷爷们的故事。当有人挑着担子从桥上走过来时，我总爱问："那石条踩不断吗？"奶奶总是笑着骂我是个傻孩子。

上中学了，父亲送我从小桥上走过。我站在桥头，犹豫着，告别那每日伴我晨读、相濡以沫的小桥，心中有一种难言的留恋。父亲看出了我的心事，说："走吧！小桥今年这样，明年还是这样，有啥舍不得的！"我望着父亲那过早佝偻的脊背和布满皱纹的脸，心头掠过一阵酸楚。

我走了，走了很远，又回头向小桥依恋深切地看了一眼。

我高中毕业回到家乡，首先迎接我的是小桥。我又立于桥头，小桥依旧安详地横跨在河上，像父亲说的一样，什么也没有改变，除了岁月增添了它的年龄，使它更加古老，没有一点儿变化。四周静悄悄的，田塍里有几只野鸟在扑落，显得荒凉而冷漠。几个光着身子的孩童从桥上跑过，撒下一串无忧无虑的笑声，犹如我的童年。他们把童心置于桥头，把希望托于明天……

小桥在这里沉睡多少年了？从桥上走过去了几代人？有谁能听懂它默默的诉说？有谁能读懂它裸露的胸膛上写满的记忆

和期许？

　　石猴静静地立在桥头，像一个黑色的历史惊叹号！

　　我忍受不了这样长久的让人压抑的岑寂，闭上了眼睛……

　　"不爱看电视？"

　　"冗长的连续剧乏味？"

　　"今年自学考试准备好了？"

　　"那当然！"

　　说话声把我从记忆里拽回。月色下，桥头已有几对青年在谈笑，如今村里的老人们每晚偎在电视机前，把这方领地赠送给了青年人。他们在这里杜撰一个个新故事，编织着一个个爱的梦。家乡农民终于从桥上挑走了贫穷和愚昧，挑来了富裕和文明，挑来了我儿时的希望和梦想。我的眼前浮现出奶奶偎在电视机旁那专注的神情和父亲那挺直的脊背，以及皱纹舒展的脸。

　　小桥静默地躺卧在脚下，河水依然在涓涓地流淌，这流水从哪里来？要流向哪里去？河水悠悠，无声无息……

寻访那片红土

有一块地方，我很想走一走，看一看。走一走，看一看那片千百万大别山儿女浴血奋战过，无数先烈鲜血浸泡过的土地——殷区起义旧址。

20 世纪 90 年代的第一个清明节，我和县文联的几位同志一起，终于实现了寻访那片红土的愿望。

汽车在山道上蜿蜒前行，满眼是绿的坡、黛的岭、黄的花、紫的风，阡陌交错，山泉淙淙，殷区的天自然是妩媚迷人！

上午十点钟，我们到达了殷棚乡政府，乡党委陈春生书记热情地接待了我们，并陪我们瞻仰了殷区起义纪念碑。六十年前，这里曾爆发过著名的殷区农民武装暴动。纪念碑矗立在殷棚集南面一个不高的山坡上。由于多年的风剥雨蚀，碑体有些破损，但并不失其威严。碑的围栏外有两株挺拔的青松，俨然两个威武忠实的卫兵。我们在碑下伫立，心中升起由衷的崇敬和激动。

我们这次寻访的重点是钱小寨，因为修路不通车，只好徒步前往。从乡政府前行八里许，便来到钱小寨山下。这里山势逶迤，叠峦连绵，雄居群峰之上者就是钱小寨。望着高耸的主峰，我不禁有些胆怯了。好在有钱钧将军的侄子钱崇坤同志领路，我们终于向着钱小寨顶峰攀登。脚下的皮鞋踩着当年草鞋上山的脚印，左回右转，顺山势而行。在半山坡上的一小块儿平地上，我们坐下来小憩片刻。这里是个大山口，山风刮来，漫山的松针被阵风弹拨着，发出轰然雄浑的合奏，如千军万马奔驰，又似滔滔江水咆哮，让人有一种被慑服、被震撼的感觉。

我们攀过嶙峋的山脊，上至山顶。这是一块一亩见方的平地，除两条可通行的通道外，其余地势险要峭拔。由于来人寥寥，寨上芳草萋萋，六十年前激烈战斗的痕迹已不复存在，寨墙早已坍塌，墙石瓦片散失于草木丛中，不经仔细寻觅已很难见到—这就是钱小寨，就是当年寨墙高耸、杀声震天、正义与邪恶激烈搏斗的战场！

"会当凌绝顶，一览众山小。"站在寨上，可以遥望连绵起伏的远山，俯视壮阔的五岳水库、蜿蜒的青龙河。山下梨花如雪，桃花似火。春风拂动下洋溢出一种温柔恬逸的情调。不敢想象，六十年前，在这里，两百多名游击队员和群众被二十倍于我方的敌人围困的情景！不敢想象，我们的战士在烈日下，没粮没水，居然能坚持战斗五十余天，最后竟还有几十人在枪炮弹雨中突围成功……

满山的松涛啊，莫不是游击队战士声声带血的怒吼？奔腾的青龙河啊，莫不是殷区英烈们泪与血的沸腾？

此时，我仿佛已置身于那场固守山寨的壮烈战斗。战火还在眼前，杀声犹在耳边……

我们从山上下来，小钱把我们迎进了他的青砖红瓦小楼上饮茶。钱将军是当年钱小寨突围的幸存者，当年他的居所和附近十几个村子都沦为废墟。而今，这栋小楼背依钱将军为突围的死难烈士题写的纪念碑，面朝钱小寨，恐怕不无意义吧？

小钱告诉我们，这里1976年通了汽车，1978年又通了电，靠党的富民政策，群众生活不断得到改善，日子越过越红火。如果先烈们泉下有知，也该为这里的巨大变化感到欣慰。

我们离开钱小寨时已是落霞满天。村庄上空炊烟袅袅。我们没有寻到一件自己想象中的纪念物，甚至也没有采集到一束具有象征意义的映山红。然而，我们却寻到了人生最宝贵的东西：先烈们永存的大无畏革命精神和不达目的誓不罢休的英雄气概！

战地之旅（三则）

红军山

想阅读你，真不容易，我等待了整整二十七年，仿佛一个漫长的世纪！

我捧着你厚重的章节，在杜鹃花、荆棘丛和桑木林组成的文字里穿行，在石头和沟壑组成的标点符号前沉思，沿着页码搜索着你辉煌灿烂的战争遗迹……

三尺石碑成为你所有轰烈悲壮的历史的生动注脚！

我在石碑前驻足，听大山静默。

这里就是当年红军赖以生存的所在吗？这里就是革命星火得以燃烧的根据地吗？

只有小溪在涓涓地流……

流出了气势磅礴的巍峨峻岭，流出了二战史上血与火洗礼过的红色土地，流出了千万英雄俊杰的凛然雄魄……

只有松针在弹奏……

奏起大别山的浩浩长歌，奏起淮河水的雄浑乐章，奏起斧头镰刀下正义的硝烟炮火……

此刻，我倾听到竹林桑木疯长的声音，倾听到千军万马在山石间轰然回响……

夕阳如血。

杜鹃如血。

纪念碑

每次走近你，我都有一种崇敬、庄严的感觉。

你耸立在那里，威严肃穆，顶天立地！

历史浓缩成你的纯洁，浓缩成你的神圣。千万颗伟大的心脏在这里长眠，千万颗高尚的灵魂在这里安息。你永恒地支撑起我们祖国的天空，也永恒地支撑起我灵魂的天空。

我随人流涌向你，默默地伫立，默默地仰视，默默地祈祷，捧出心灵中那份虔诚，膜拜那一行行陌生的名字。我想，英雄们为了共产主义的崇高信仰，高昂着头颅，选择为人民献身。他们在奉献生命的时候，谁也没想过让后人瞻仰和凭吊……

你没有任何雕饰，只有洁白，洁白的本身就铸就了你崇高的体魄，巍然成今天的气概！你头顶博大的苍穹，脚踩广袤的大地，便拥有了世界上最珍贵、最圣洁的颜色。

正是因为洁白，我意识到，你将永恒地耸立在我的心中，永恒地耸立在人民心中。

将军雕像

面对你，我心潮起伏。

我曾经与你离得很远很远。你声名赫赫、叱咤风云的时候，我的父亲还只是一个涉世未深的年轻的生命。

如今，我和你离得很近很近。你真实地站在我面前，我看到你剑眉紧皱、威风凛凛，脸上写满果敢刚毅，写满对革命必胜的信念。

小时候，有人把你写进我的课本，从那以后，你常常走进我的梦境。那一天夜里，你骑着一匹高大的战马，从北伐的战场冲来，从抗日阵地冲来，从解放战争的前沿冲来，从战壕上越过，从指挥部里驰出，从高山和大河上腾越……战马对着落日长鸣，在祖国辽阔的原野上飞奔……

后来，你倒下了，倒在黎明的前夜……

每次想起你，每次和你亲近，我都禁不住潸然泪下，在心里默默地为你祈祷……

仰望着你，我听到你的心脏在我身旁跳动，我感到我的良心越发清醒。我们的祖国，我们的人民，我们的母亲，永远不会忘记你的功绩和期望，永远不会忘记我们民族不屈的脊梁，永远不会忘记我们这个时代的历史责任。

苏山寻诗

　　豫南苏山，是一座小巧而普通的山。寺因山而建，山因寺
而名，因为这座普通小巧的山上有一座千年古刹——净居寺，
苏山也就有了体面，也就大大方方地走上全国诸多新闻媒体，
吸引中外游客登临。

　　我去苏山，本不是第一次，很早就想写一点关于苏山的文字，
但总也没有写成。这次与好友同往，心里有了一些触动，才有
了这段文字。

　　此行是一次寻常的踏访。从停车场徒步到苏山脚下，我们
走得很惬意、很轻松。仲春之初，平原上的景色本就美不胜收，
苏山藏在绵延的群山中就更有一番韵味了。我们从一入山口到

步入净居寺，一路都被美丽的景致导引。走进山里，平原上那种一望无际的感觉被山阻隔着，山以一种高大伟岸的形象出现在你的面前，一时让你想不到山外还有一个世界。苏山虽不奇险，但山势逶迤，连绵不绝，一眼看不到尽头，浓郁的松柏极具层次感，绿色的基调给人以丰富的想象和无限的激情。

再往前走，山开始深幽，也开始神秘。走近净居寺，山坳里露出一个小村子的轮廓。小村依山而建，房屋参差不一，错落无章。村子里童声悠悠，炊烟袅袅。有了人声，有了炊烟，山的深幽和神秘陡然消失。我想，这个小村子如果要移至别处，净居寺不知要平添多少魅力，游人不知要生发多少兴奋和感慨。

山路一转，净居寺便已立在了眼前。寺门外的千年古银杏，粗可四人合围，高过数十米，荫遮一亩方圆。树干上还衍生着一檀一柏两棵异种树，三树浑然一体，枝壮叶茂，成为净居寺的一处特殊景观。树痕斑驳，发思古之幽情，我们不禁用手去抚摸，抚摸着千年风雨沧桑，抚摸着世代兴衰历史。苏东坡从树下走过，梅尧臣在树下站过，越过历史的长河，我们与这些大师同在树下交谈，玩味着苏山的自然风光。

净居寺始建于北齐天保年间，兴盛于唐宋时期，是佛教天台宗的重要发祥地之一。如今已不见紫云塔、玉皇阁、十王殿等建筑，只有尚存的大雄宝殿屹立在那里饱受风剥雨蚀。寺内本没有神秘可窥，管理部门请人新塑了如来佛像和十八罗汉像。

我们去时，塑像刚完工不久，还没有来得及上彩釉，露着赤裸的泥胎。这些塑像形态各异，神采逼人，只是让我感到，人文景观比自然景观少了许多意蕴。时值春季，进寺拜佛的善男信女也真不少，我们也装模作样在神龛前跪拜了一回，实在是出于好玩儿。神佛不过是一堆泥，一个传说，一种象征。我们只能把兴致转向那些保存下来的石刻上，从碑文中看到了这个寺庙旧日的辉煌……

下山的时候，我不禁回首，竟有点儿流连之意。"钟声自送客，出谷犹依依。"苏东坡被贬谪为黄州团练副使时，途经净居寺，在此住了五个多月，把自己的生活理想寄托于江山风月和佛门圣境，终日与该寺的居仁和尚吟诗作画，把酒对月。临别时，寺院钟鼓齐鸣，欢送贵客，东坡居士频频回眸，流连忘返。这里是苏东坡当年政治上落魄时找寻到的一座灵魂家园，充斥着诗人诸多的感慨和慰藉。此后历代无数文人雅士咸集净居寺，把酒对月，吟诗唱和，成就了此处"诗城乐地"的美名。我感到，我们的踏访不是来寻景的，倒是来寻诗的。苏轼的《游净居寺》和梅尧臣的《赞银杏》等关于苏山和净居寺的诗句是我很早就熟悉的，我在诗的意境中向往了很多年，这些诗与苏山、与净居寺早已融在一起，成为一道美丽而特有的风景。

雪中的净居寺

2007 年岁末，一场罕见的五十年不遇的大雪纷纷扬扬飘飘洒洒地下了二十余天，淮河以南的整个南国被厚厚的冰雪覆盖，到处都是皑皑白雪，银装素裹。站在雪地里，看到的是南极一样的冰天雪地，南极一样的山封水冻，你可能想不到雪中的世界。

雪后初霁，净居寺风景名胜管理区的周常根先生约我去净居寺赏雪，雅兴所至，便欣然去了。

赏雪，多么浪漫而怡情的享受！

我们的汽车在冰雪封冻的路面上缓慢地行驶，车轮下的防滑链在雪地上发出"扑扑哧哧"的声响。车窗外，阳光下的雪野发出刺眼的光芒，平日里有许多善男信女前往敬香的热闹山路如今静谧安详，人迹罕至。车过扬帆桥，远远地就看见苏山上的松杉被厚厚的白雪覆盖着，往日里能从层林中隐约看到的树干如今也不见了，给你的感觉只是雪国、雪国，还是雪国。这等风景里，只能让人看到洁白、干净和明亮，也只能让人想到洁白、干净和明亮。

一入山门，我便被净居寺那静谧的气氛镇住了！那一片雪国里，雪的物，雪的景，在冬日的阳光下闪着耀眼的光芒。山、寺、树，矗立在宁静里，没有人迹、没有鸟鸣、没有风声，静得能听见自己的呼吸和心跳。如果这时你轻轻咳嗽一声，那一定会感觉到声如洪钟，甚至担心树上的积雪与冰挂会被震落下来。仰望山巅，只有晃眼的冰挂和雾凇，一片苍茫，一片静寂。这就是大苏山吗？这就是净居寺吗？

净居寺，我太熟悉了，每次有朋友来，都要陪着去一趟，甚至能够充当导游的角色，面对着"九龙捧圣，四海归池"的一派风光娓娓道来。记得我二十几年前第一次来净居寺的时候，曾写了一篇《苏山寻诗》的散文。当时，我是没有寻到什么景物的，一座荒山荒寺的印象，只是在一些历史文化名人留下的诗歌和碑刻中寻味到了净居寺作为天台宗祖庭的历史恢宏与辉煌。而今天观赏这样的雪景，把自己融入佛教天台宗的发祥地的静谧里，我还是第一次。也才开始慢慢体会这里的寺与山、山与水的相依，山与寺、寺与佛的缠绵。

　　这里是般若的圣地，禅宗的净土。在这里，你可以心如止水，近佛而思，体味所谓"通达世间法出世间法，融通无碍，恰到好处，而又不执取诸法的大智慧"，即人的入世出世，只是一心，颠倒烦恼，贪嗔痴迷，是六道众生的心；如能空净自在，不固执，便是佛和菩萨的心。所以离世法，便没有佛法；离了般若，只有作孽受苦的份了。

　　也许，这种境界永远都不是我等凡夫俗子所能达到的。

　　从山下拾级而上，人就走近了佛，开始了与佛的对话与交流。公元554年，也就是北齐天保五年，那一位叫慧思的高僧开始来这里结庵，开坛说法，"数年之间，归从如市，他造金字般若二十七卷及法华琉璃宝函，为僧众宣讲法华、般若二经。一旦有了闲暇，他还率徒躬耕苏山，掘荒种茶，掘池种莲。六年之后，智颉冒着战火慕名千里投奔大苏山，师从慧思七年，苦心修习"法华三昧"精研《法华经》。一日，突然开悟，心思豁然开朗，这就是佛教史上著名的"大苏开悟"了。当我在雪景中找到了已近一千五百年历史的"摩崖石刻"时，千年沧桑，遗迹尚存。我敢肯定，智颉在大苏山学识精进，定慧双修，创立"三谛圆融"，"一念三千"，"一心三观"等系统的天台宗佛学理论，后来创立佛教天台宗，就是在这里顿悟了佛学的真谛。

　　唐中宗神龙二年（公元706年），律宗大师道岸（光山人）率鉴真等弟子从长安返回故乡光州。为追念天台"二圣"，也为报恩家乡，在大苏山建造了气势恢宏的寺院——净居寺。从此香火更加兴旺，再度鼎盛，教化四方。大苏山也就大大方方地成为与五台山、峨眉山、九华山、普陀山四大佛教名山齐名的又一名山。也从此，这片清修之地名闻天下，唐宋鼎盛时期僧超千人，房过千间，殿、堂、楼、亭、台、塔、廊等古建成群，"紫云塔""翠烛峰""白莲池""东坡读书堂""功德井""西山远映""二门观天""仙人洞""钓鱼台"，还有"碧海流光""绿浪白鹭""翠带缠腰""甜栗哈笑""北洼红叶"以及唐代栽植的"同根三异树"等胜景令人赏心悦目、惊叹不已。一时这里名人咸集，苏东坡来了，陈季常来了，黄庭坚来了，梅尧臣来了，唐宋以来历代无数的文人雅士来了。他们或斗茶、或吟诗、或泼墨、或弹奏，天人一体，鸟乐和鸣，在这片净土上演绎了一个个风情万种的故事。因为这里高僧大德辈出，聚集过"二圣"（慧思、智颉）、"三贤，（苏东坡、陈季常、黄庭坚），因此这里留下了太多的诗章，也成就了"诗城乐地"的美名。

寺因山而兴，山因寺而名，附丽于大苏山的传说流传了千余年，附丽于净居寺的故事也传颂了千余年。当改革开放的大时代站在了我们的面前，发展旅游产业，保护佛教文化，成为经济大潮里涌动的一朵浪花。我们开始审视净居寺的厚重与辉煌。据《中国寺庙与菩萨》一书载：按时间排序，净居寺在我国主要佛寺中位列十五。正是由于净居寺在我国思想文化史和哲学佛教史上的厚重地位，因而国学大师季羡林、任继愈，中国社科院名誉学部委员黄心川、杨曾文，武汉大学著名哲学家萧父、唐明邦，著名教授段德智、麻天祥、孙昌武等或亲来考察，或撰文题字，或为净居寺重建复兴奔走呼吁。当地政府也在近几年组织了三次高水准的国际天台宗文化研讨会，这座千年古寺经过重新梳理、打扮走上时代的舞台，成为炫目的佛教文化亮点。

　　站在雪松下，我掬起一捧低垂枝叶上的积雪，团成雪球掷向丛林，只为听一听那可爱的"噗噗"声。我们没有去"净居寺茶楼"体会禅茶一味的曼妙，只是在这静谧的雪景中遥想千年，感念千年。千年的净居寺静卧在这里，参禅为无上法门，顿悟与开智，清修与体验。佛文化与茶文化在这里融汇、缠合，诞生了佛教中国化的大智慧，也缔造了一个天人合一、人与自然共存的美妙和谐的境界。

　　啊，雪中的净居寺，一处让我为之静思与遐想的胜景，一幅让我为之动容与激越的图画。

黄柏山情思

　　自一位文友捎来一本关于黄柏山的散文集之后，我总想约你一起去一趟黄柏山，领略一下黄柏山的风光，享受一下温泉浴的快乐。

　　那个午后，我与你终于去了。车在大山间蜿蜒而行，黄柏山以一种深沉、庄重的姿态迎接我们，山势如一尊尊美妙的艺术品展露眼前，似一幅幅奇特的构图直逼眼底。山愈走愈深，路愈走愈起伏，你说感觉像正穿越地心，我的感觉也一样，像被带进了大山的心脏，越走越深，没有尽头，心中隐隐有一种莫名的紧张。汽车行驶的是黄柏山与外界联系的唯一道路，走了很远，才见几处依山而建的民房，方觉这里有山民生活。又走了很长一段路，见到有几间旧式木板门店。这是一个小小的山中街市，虽然小，购物的人也不多，但却能通过货架上的物品和偶尔走过的姑娘的穿着感受到这个时代的气息和流行色。

车到温泉疗养所时，已是黄昏时分。我们不顾旅途的疲惫，手捧一杯清茶，面对暮色里的黄柏山，凭栏远眺。黄柏山向我们展开了一轴绵延的画卷：眼前是碧波浩渺的水库，在水一方，小山上的松柏掩映着几处亭台；远处是迷蒙的大山，透着一种深邃、神秘的气氛。守望着这风景，我看到你白皙的脸上泛着生动的潮红，如水的眸子里闪动着迷醉的光芒……我被这情景感染了。我想，这是我第一次与你共赏风景，如果没有你，也许我一生来不了黄柏山；如果没有你，我一个人是无法体味这片风景里的神韵的……

去黄柏山，不能错过温泉浴。

温泉浴，真是一种享受。人躺在温泉里，被泉水轻轻托起，任泉水洗濯身体的每一个部位，像仰在泳床上，又像一条鱼从水中缓缓上浮。泉水温柔地抚摸着肌肤，仿佛已从毛孔渗进了脉管，与血液一起流淌。世界在远去，欲念在远去，大脑中只有一片混沌，一片朦胧，一片空白……

那一夜我安静下来，在黄柏山深深的怀抱里，与你隔墙而眠，枕在大山的臂弯里。夜幕笼罩着你我，群山怀抱着你我，世界是那么遥远，那么安详，人与大自然浑然一体，这完美的融合来源于我们跳动的心……

第二天清晨，我们便乘上出山的第一辆车返回了。清晨的黄柏山，伟岸而多姿，我们虽然没有更多时间去游赏那藏于更深处的青峰秀岭，但已从暝色弥漫的景象和温泉中领略到了黄柏山的美丽与多情，领略到了黄柏山丰富的底蕴。

黄柏山，我再来时，你迎接我的也许是另一种姿态……

风雨鸡公山

 去了一趟鸡公山，我惊奇地发现：鸡公山以它特有的恢宏和神秘征服了我，又以它特有的秀丽和真实迷醉了我。作为信阳地区人，距鸡公山不过百余公里的路程，平素又喜欢纵情山水，我却很少登临，真是一件憾事！记得十余年前，我曾去过一次，那是在一种失落的情绪中去的，至今已没有多少印象。这次出差信阳市，正值茶叶节前夕，与你相约去鸡公山拍几张外景，之前是做好了心理调整的。上山时天公不作美，飘起了霏霏细雨，但我们的心境都特别地好，因为风雨中的鸡公山会别有一番景致的。

 鸡公山是中原著名的自然风景区，素有"云中公园"之誉。

我们乘车沿盘山公路蜿蜒而上，山势层峦叠嶂，沟壑纵横，空气清畅，林木清秀。一路奔驰，一路惊叹。

我们从停车场下车，便置身于鸡公山的怀抱中了。举目仰望，迎面有一石峰，壁立千仞，高耸入云，酷似鸡头，这便是报晓峰鸡头石了。站在鸡头石下，山风吹拂，雾气涌动，我忽然想起四百多年前，明朝嘉靖年代有一个户部主事名叫岳东升的老乡回信阳省亲时，登临鸡公山，欣然挥毫，写下了《鸡头石》一诗：

> 鸡头石在千山里，
> 芳草诗传亦有名。
> 突起云霄疑健斗，
> 乍惊风雨欲长鸣。
> 绛冠日晓丹霞拥，
> 绣羽春晖锦树生。
> 身世百年真一肋，
> 夜深起舞不胜情。

岳东升把诗写到此处，我是不敢再作诗了。我只是想，他写这首诗时可能就站在我所站的地方，看到了我所看到的一切，也看到了我所看不到的东西……

　　置身深山，看林木苍翠，峭石嵯峨。满眼风景，我一时竟不知该先往哪儿瞧。每次与你在大自然中沉醉，你总有一种别样的聪慧和灵性。那时，你惊喜地发现，山壑的丛林中露出几间殿宇，隐隐约约，雾气蒙蒙。你说那一定是一个好去处，并提议我们去寻找去的路，看能不能找到。你又说，明晨若能晴好，我们再上鸡头石，说不定还能拍到"雄鸡啼日"哩！素对神道感兴趣的我自然愉快地应允，我们便一路寻去。

　　我们去寻的是灵化寺，位于报晓峰左侧，藏于深壑的云雾之中。进得寺门，眼前是一个云遮雾绕、山幽谷深的世界。人在自然风景中，天性就是寻幽觅奇。我们沿着右侧的石级缓缓而下，石级陡峻曲折，穿峭石、过山涧、依奇峰、贴断崖，无声地通向神秘的谷底。走在石级上，如走悬桥、行索道，险象环生，让人提心吊胆。可怜了你扶铁链、撑树干，怯如兔、惶如鹿，娇柔可爱，小鸟依人……正行间，我们迎面几个游人正顺着石级攀缘而上。回首仰望，石级如天梯直通云天，这是通往"天堂"的路。原来，我们走反了方向。从天堂处走来，有一种下地狱的感觉。既已至此，就顺其自然了。下石级，一路惊险，一路风景，经坐憩观天的窥星台、嵌于石壁的罗汉堂、别有洞天的山洞、望而生畏的鬼门关，进石门，过流泉，始达修身养性的道观。这就是你在鸡头石下发现的殿宇。道观内坐一老者，身着道袍，手持拂尘，慈眉善目，白发银须，颇有几分仙风道骨。与之攀谈，得知其为大悟山道人，被鸡公山风景管理局请来为游人占卜、讲道。我们虽非善男信女，那一刻也开始从八卦阴阳走向无为境界……

我们从道观里出来，开始上山。这时，雨大了起来。淋着雨，循着景，曲径通幽，真是别有一种情趣。当我们坐上"卧井石"小憩，顿感豁然开朗，耳目一新，这才发现雨住了，我们也从山谷中钻出来了。迎面的一道石门上题刻着一副对联："归元之路，入圣之门。"啊，原来我与小桑是在归元之路上历险，在圣门里寻觅。人在大自然中沉醉，文明人开始与自然人对话，向自然回归……

鸡公山的夜是一首波澜壮阔的诗。

我们下榻在云中宾馆。这是一座古城堡式的西方建筑，设施高雅，给人一种很兴奋、很抒情的感受。也许是我们还没有从自然返回人间，夜便开始蒙上了一层淡红色的光晕。我坐在温馨柔和的光晕里，感悟着大山的奥妙与神奇，享受着大自然丰厚的赐予。大山环抱着我，我拥着大山，拥着美丽，拥着动人的风景。我在这种风景中阅读、寻觅，我已与这种风景融为一体……我的心在呼唤，轻轻地呼唤，呼唤美好、爱……窗外，雨声大，风声疾，风雨像千军万马在奔腾，像天边的海浪在咆哮，我感到天地在风雨中飘摇，万物在飘摇中沉浮，让我体验着生命的辉煌，感悟着人生的意义。我的心被震撼了、迷醉了。

这是风与雨的搏击，这是天与人的合一、灵与肉的交融……

古楼昨夜惊风雨，醒来依旧对青山。第二天仍是一个雨天，虽然不能拍日出，我们还是起了一个大早，作为入山门的第一对游客，我们第一个奔向鸡公山主峰——鸡头石。我们沿着扶梯向上爬行，因为风大雨急，山势太陡，自然也无法体味到"登上峰顶我为巅"的自豪感。攀住护栏，站在鸡头石上俯瞰群山，山风嘶鸣，烟波浩渺，雾驰云翻，如果没有护栏，我随时都有被疾风掀进深渊的可能。现在想起来还是腿骨发软，毛骨悚然。而对你而言，来鸡公山而没有登上鸡头石，应该是一种遗憾。不过，你说："还是留一点神秘好，就让鸡公山留给我一份神秘吧，我会终生流连和向往。"

我们告别鸡公山时，风雨已经归于平静，秀丽而真实的鸡公山依然藏在神秘的云雾中。

在南昌，品味梅湖

　　葭月，忙里偷闲，与友人一起去了一趟南昌。这是我第一次去洪都，知道有一个滕王阁在那里，知道那里有八大山人的遗迹，但不知道那里还有一个怡人的梅湖。

　　江南多秀水，梅湖之美是让我惊异的。

　　那是一个朗日，仲冬如初春一样的温暖。走出宾馆，我与出租车司机说，想去看看青云谱。的哥年逾半百，头发稀疏，健谈而活跃，一口流利的普通话中偶尔夹杂着几句英语与我们搭讪，他说这是"南昌开放，的哥先行"的需要。他利用业余时间学习英语已经十多年了，经常与往来南昌的外宾交流。的哥给了我很好的感觉，南昌不愧是文化底蕴丰厚的历史名城。

到了梅湖风景区，远远的一片水域在太阳下泛着蔚蓝的波光。目之所及，碧水苍茫，浅山绿树，灰砖瓦舍，亭台水榭。在水一方，有一个占地面积很大的青砖院落，远远看去，墙内古树葱茏，百鸟翔集，这便是青云谱了。

青云谱原来是一座道院，明末清初杰出画家八大山人的故居。在这个深深庭院里，穿行在甬道上，花香扑鼻，枝叶拂肩，茂林修竹，曲径通幽，迎面是一尊手拿斗笠、面容清瘦的八大山人雕像。人物表情自然，神态安闲，像在凝视芸芸众生，又像在匆忙行走。雕像基座上有一个像"哭"又像"笑"字的题款，仔细辨认，原来就是"八大山人"四个字（系复制）。清顺治十八年（1661），为了逃避清朝满洲贵族对明朝宗室的政治迫害，这位为"觅一个自在场头"19岁出家为僧的明朝皇室的后裔朱耷，在36岁时的某一天，从南昌城一路南行，到了梅湖，一下子就喜欢上了这里。他决定在此留居，遂改建"天宁观"为"青云圃"。后清代状元戴均元将"圃"改为"谱"，成为今天的青云谱，一直守望着这片秀美的山川。

纪念馆内，我们仔细欣赏了主馆正面墙上的《孤松图》《双鹰图》和《墨荷图》。给我的第一感觉就是淡墨勾勒，空灵孤寂，超拔脱俗。《孤松图》笔墨简约，一气呵成，孤高挺秀，姿态卓然。枯枝、危石、苍鹰，《双鹰图》构图缜密，意境空阔，两只苍鹰孤傲落寞于顾盼之中，英武风姿在俯仰之间。《墨荷图》淡墨写意，笔简意赅，清脱纯净，高洁孤立，给人以清空出世的感觉。再观赏他的其他画作，或花鸟虫鱼，或山石劲松，莫不是寥寥数笔，淡雅清纯，亦真亦幻，空蒙恬淡。这些绘画既承袭了徐渭（字文长）写意花鸟画的传统，又兼有黄公望的《富春山居图》之风。

从主馆展室出来，我们拜谒了八大山人墓。一座长满萋萋芳草的墓冢在两棵古老香樟树荫护下显得孤寂荒芜，苍凉冷清。这里长眠的就是一代杰出的大画家朱耷吗？三百多年的风雨沧桑可曾剥蚀掉你的风骨？我向你的墓冢鞠躬，也向你的墓冢致意。我想，每年来这里拜谒的人可能很多，懂你的也好，不懂你的也好，至少知道你代表的是一种艺术，是一个高度。这样，你孤寂的灵魂也就不再孤寂了。

离墓冢不远处有一堵碑廊，碑廊上也都是八大山人的书画作品，我不由在一幅《鱼》前驻足。那条鱼的造型奇异，鱼刺外露，白眼向人，不禁让我心中一震！这是画家表现自己的凄凉孤苦、冷眼横眉？还是表现自己的孤傲不群、愤世嫉俗？碑廊上的绘画作品幅幅质朴雄健，意境枯索，无不透着画家孤愤而坚毅的心境。

这位集遗民、禅师、画家于一身的艺术巨匠，在此隐居了二十多年，一直过着亦僧亦道的生活，潜心书画创作，把人生的全部激情都用在书画上。他将儒、释、道思想融入书画艺术中，以奇情逸韵、拔立尘表的手笔，给后世留下了一笔宝贵的艺术财富。三百年来，不仅启迪了后来的"扬州画派"，也对吴昌硕、齐白石、张大千、潘天寿、李苦禅等一代又一代大画家产生了重要影响。

从纪念馆出来，泛舟湖上，顿觉心旷神怡。那一个时段，湖上居然没有其他游船，只有我们一叶孤舟，那份静谧与安闲真是难得！我们把船轻轻地划向湖心，让船泊在水上，任轻风吹动，漂向哪里就算哪里。船儿在自由地漂，我们在静静地看。当我把整个梅湖收在眼底，我感到今天真是太奢侈了，一个偌大而美丽的梅湖独属于我们两个人，足够我们慢慢品味了。

船在缓缓地漂，坐在上面几乎感觉不到移动。粼粼湖水，波光潋滟，轻风拂面，静无声息。凝望着这片湖水，久久，久久……我的心开阔而宁静，如暖阳沐浴，似清泉濯洗，好清，好净，如这湖水。所谓诗情画意，所谓美不胜收，都只不过是对美景的一种概念化的描写，只有此时的感觉才是真实而难以描写和比喻的。

梅湖的湖岸很长，垂柳依依，怪石杂陈。目光远眺，烟波浩渺，水雾蒙蒙。我的眼前，八大山人身着道袍，足蹬布鞋，头戴斗笠，手执画笔，走进附近的某一座山中，面对一丛山、一棵树、一块石、一条溪、一株草，捕捉着瞬间的直觉，以独特的视角和非凡的气魄用水墨把它们勾画在一张张白纸上，画家那片孤愤寂寞的心田就会流出淡淡的满足和快慰！

　　这时，微风把小船吹到了近水的岸边，我们遂泊船上岸，沿着号称"华夏艺术第一廊"的长廊游赏。长廊仿照北京颐和园的皇家园林风格，虽然是"雕梁"却没有"画栋"，环绕梅湖湖岸，沿途河川相拥，丘壑相袭，一步一景，美不胜收。这是一个占地三千多亩的风景区，集水乡、园林、文化于一体，满眼是无边的风景。曲廊、洲岛、亭台、奇石、桥堤浑然一体，或假山掩映，或小坡丛林，或山环水绕，移步换景，妙趣天成。我不知道，当年的八大山人常常徜徉在这一片山水间，蓝天与湖水相映，小桥与香溪成趣，清风与明月为伴，孤灯与道人厮守，那该是何等的凄美、何等的幽婉？

　　一曲悠扬的古筝乐曲随风飘来，时而高亢，时而幽远，顿觉梅湖之美有了无限的深度和意蕴，有了更多值得品味的迷醉和情趣。循着乐音，走在梅湖的世界里，我的心弦也被弹拨。

　　在梅湖，有一个青云谱。在青云谱，有一个八大山人。梅湖给了八大山人二十余年的滋养与灵感，八大山人给梅湖留下了永世延年的传说与神韵。

滕王阁

那次去南昌，与友人泛舟梅湖，拜谒青云谱，寻觅八大山人的遗迹，兴致很高。尽管时间紧张，还是决定登临如雷贯耳、神往已久的滕王阁。

天下闻名的滕王阁，我不能不去。

沿市区西北行，来到抚河和赣江交汇处，便看到滕王阁景区了。滕王阁高高矗立，气势雄伟，瑰丽多姿。这里游人很多，纷纷抢拍镜头，以楼阁为背景，留下美好的瞬间。

站在太极八卦图广场，滕王阁全景尽收眼底。一层楼台立面处，有巨幅隶书文字，是唐宋八大家之首韩愈那篇著名的《新建滕王阁记》。这位一生没有来过滕王阁的大文豪，却为滕王阁写下了脍炙人口的千古文章，开篇一句"愈少时，则闻江南多临观之美，而滕王阁独为第一，有瑰玮绝特之称"，便让天下人知道了滕王阁作为江南名楼的地位。而"窃喜载名其上，词列三王之次，有荣耀焉"足见韩愈对王勃《滕王阁序》（王勃、王绪、王仲舒的《序》《赋》《记》）的推崇。

这座始建于唐朝永徽四年（653）的中华民族经典建筑，屡毁屡建达二十九次之多，保留了唐代苍劲有力、雄浑磅礴的气势和宋代造型多变、纤巧秀丽的风格，是我国古代建筑艺术独特风格和辉煌成就的杰出代表。主楼共分为九层，基座以下有三层，基座以上有六层，是历代滕王阁之冠。南北配有连接回廊的两个辅亭，即挹翠亭和压江亭，与主阁形成了一个大大的"山"字。

在滕王阁五楼上，有我欣赏的滕王李元婴的磨漆画《滕王百蝶图》。那些蝴蝶或飞或立，姿态翩翩，蠢蠢欲动，呼之欲出。我必须承认，这位精通音律、喜好舞蹈、擅长绘画的帝子的画法与技巧已经达到了炉火纯青的境地，不愧是"滕派蝶画"的鼻祖。然而，面对这座由滕王亲手创建并以其封号命名的滕王阁，人们所怀念和津津乐道的却不是滕王李元婴，而是那位才华横溢的初唐才子王勃。

历史是公正的。滕王在其位内，骄纵失度，贪财好色，"数犯宪章""所过为害"。这个劣迹昭彰、政声狼藉的风流王爷自然被人民所唾弃。而他作为一个艺术家，还是应该给予肯定的。

　　站在滕王阁顶层的观景走廊上鸟瞰，但见赣江最宽阔处。眺望浩浩赣江，碧水奔逝，金沙耀眼，顿觉天空高远，心旷神怡。

　　我在想，这一处建筑，因为一代才俊王勃的一篇序，吸引了多少后世帝王将相的目光？又让多少文坛精英在此挥洒才情？王勃之后一千三百多年的历史中，钱起、白居易、杜牧、曾巩、王安石、苏东坡、苏辙、朱熹、辛弃疾、文天祥、朱元璋、唐伯虎、汤显祖、胡煦、董必武、毛泽东等一代又一代伟人、文豪登临赋诗，至今络绎不绝。普天之下，有几处建筑可以如此吸引世人的青睐和眷顾？

　　滕王阁作为一个美妙绝伦的艺术建筑，无数次被毁，无数次被重建。我们这个多灾多难的民族历史跟这个举世无双的建筑一样，就是在不断的坍塌和不断的修建中延续，每一次新建都吸取了过往的精华与经验，使之更加华丽，更加壮观。

　　王勃所见证落成的那个滕王阁在不到两百年的唐大中二年（848）就已经毁于大火，而他的《滕王阁序》却一直存活于文字中得以传承。王勃那次寻常的洪州之行，正赶上滕王阁落成典礼。当时，他的父亲被贬，自己也刚刚出狱，心情是可以理解的。但当他应邀即席作序，便兴致勃发，一挥而就，不仅成就了"落霞与孤鹜齐飞，秋水共长天一色"的千古绝句，通篇《滕王阁序》更是因为文采飞扬、字字珠玑而盛名天下，誉播海外。

　　"文以阁名，阁以文传。"滕王阁与《滕王阁序》是相辅相成、相得益彰的。文以载道，以文传世，这是中国几千年来的历史形态。中国历史上的文人志向多在治理天下，但留下后世声名的还是诗文。还有一个现象就是，历史上的民间不乏真才实学的文人，除了《诗经》之外，纯贫民、纯草根文人留下的诗文并不多见。他们的诗文因为没有"展示平台""发表园地"和"交流渠道"而被历史湮灭。所以，现在我们读到的古代诗文名著大多出自官宦文人之手，即使官场失意和落魄时留下的诗文，也因为他们曾为或大或小的"官职"才流传下来。很多文人为官的时候也许没有什么作为，更没有留下多少辉煌政绩，而独有在他们被贬、流放或失落的时候才有诗文传世，正所谓"文章千古事，仕途一时荣"啊！

离开南昌后，我总在思念那些景致。我以为，一座奇峰，一池秀水，只要能给你留下难忘的美好记忆，就不失为一处胜景。何况无与伦比、名震天下的滕王阁呢？

瘦瘦的杜甫

那晚在成都，从网上没有订到次日上午返程的机票。这样就有了半天闲暇的时间，索性起了个早，去看了杜甫草堂。

这是我第一次来成都，向往巴蜀之地久矣。知道成都有青城山、有锦里、有宽窄巷子、有武侯祠，最想去看的还是杜甫草堂。当年一代诗圣因为"安史之乱"流寓成都，在西门外一湾清澈的浣花溪畔搭建了一个可以栖居的草堂，一千两百多年了，游人如织，依旧是成都的一处胜景。

行走在古朴、自然的甬道上，香楠掩映，青竹簇拥，繁花铺地，流水淙淙。这是一年最美的季节，穿花径、凭水槛、登亭台、绕池榭，大廨、诗史堂、工部祠、大雅堂、仰止堂等显然都是后来修建的纪念性建筑，每一处都有唐以来历代名人留下的楹联。我未作过多流连，便寻草堂去了。

这是一个很大的园子，占地三百多亩，按照旅游线路指示，沿东北方向前行，老远就看到杜甫的茅屋故居了。茅屋很普通，一个简易的茅草门楼，柴扉开启，游人穿梭。一个不大的院落被篱笆围着，几间低矮的茅屋面南矗立，西厢有出檐的凉台，凉台不远处有一个支起的石盘，几个不规则的石墩分散石盘周围，是一家人夏天围坐在一起吃饭、谈天、纳凉的地方。中间是厅堂，厅外有走廊。东厢是沿檐延伸至厢房，具有典型的川西民居风格，生活气息十分浓烈。

我在这个院落里站立许久。杜甫当年清贫潦倒的生活仿佛就在眼前，一首脍炙人口的《茅屋为秋风所破歌》让我看到了一幕悲情活剧：唐上元二年（761）的春天，杜甫一家颠沛流离来到这里，靠求亲告友，盖起了这座茅屋，总算有了一个栖身之所。不料八月，他的茅屋几乎被狂风和顽童完全摧毁，又遇上了连绵不断的秋雨，屋漏床湿，风冷霜寒，全家无法安眠，处境十分悲惨。杜甫长夜难眠，感慨万千，时而挥剑吟唱，时而奋笔疾书，写着写着，胸中波澜起伏，从自身疾苦推己及人，心忧天下，渴望有广厦千万间为天下贫寒之士解除痛苦，甚至想以个人的牺牲来换取天下寒士的欢颜！

这是何等的家国情怀！

　　我的这位河南老乡，先后在此居住近四年时间，故乡一直在他的梦里，思乡之情时时萦绕在他的心头。当听到官军收复家乡失地的大好消息时，再也不想寓居他乡，那首《闻官军收河南河北》就是在此处一挥而就的，兴奋与欣喜之情溢于言表："剑外忽传收蓟北，忽闻涕泪满衣裳。却看妻子愁何在，漫卷诗书喜欲狂。白日放歌须纵酒，青春做伴好还乡。即从巴峡穿巫峡，便下襄阳向洛阳。"此时的杜甫心愿得了，归心似箭。我的眼前浮现出那个瘦骨嶙峋的杜甫，站在一叶轻舟上，一边欣赏巴峡、巫峡美景，一边顺长江急流而下的画面。

　　"时出碧鸡坊，西郊向草堂。市桥官柳细，江路野梅香。"这是杜甫在他的《西郊》里描述的当时成都西郊外的景色，多么优美的诗句，多么优美的环境……时序更迭，沧海桑田。那些景色都已经逝去，只有这个草堂却依然存在。一座茅屋，何以存在一千两百多年？"安史之乱"后，杜甫离开了成都，草堂便不复存。后来，五代前蜀时诗人韦庄寻得草堂遗址，重结茅屋，使之得以保存。杜甫草堂是经宋、元、明、清多次修复而成，特别是明清两代的两次重修，奠定了现在的格局，建筑古朴典雅、园林清幽秀丽。此处风光无限，既有诗情，又富画意，有香楠林、梅苑，有兰园，有翠竹苍松，形成了集人文景观和自然景观于一体的文化胜地。

　　走出草堂，眼前总是浮现我来时走过大雅堂前的那尊杜甫雕像，于是我又回到大雅堂前，面对雕像，感慨万千。这尊杜甫半身青铜雕像，身形颀长，骨瘦如柴，夸张到了极致，让人想到的只能是潦倒、饥饿、离乱、饱经风霜、忧国忧民。之前看过很多杜甫的画像和雕塑，都是清瘦无比的，但这尊雕像也许更能代表我心中的杜甫形象。杜甫是一代诗圣，他作为初唐诗人杜审言的孙子，35岁以前游历山水，遍访民情，深知民间疾苦。特别是亲身经历"安史之乱"给国家和人民带来的战乱之苦，让他感时伤事，写下了诸如《春望》《哀江头》《哀王孙》以及"三吏三别"那样忧国忧民、脍炙人口的不朽诗篇。他一生写下了现实主义诗作三千余首，保留下来的也有一千四百多首。这些诗歌像一面镜子，广泛深刻地记录了一个王朝由盛而衰的历史面貌。他的诗歌自唐以来，即被公认为"诗史"，诗人本人也被看作一代诗宗，被尊为"诗圣"，对中国文学和日本文学产生了巨大而深远的影响。

一座雕像，令我徒生诸多感慨。我想，即使再过一千两百年，乃至更长的时光，哪怕经过千百次的修葺，草堂也不会消失，即使草堂破旧、损毁，瘦瘦的杜甫的诗作对历史的影响和在人们心目中的地位也永远不会破旧损毁。瘦瘦的杜甫代表的是身在陋室、胸怀天下的中国文人形象，也是一个身居末位、忧国忧民的基层官员形象，即使时代变迁，岁月更替，瘦瘦的杜甫形象也永远不会褪色。一座草堂，给了我们这些后来人太多的文化信息，也给了我们太多的文化享受，它已经成为一种特有的文化符号和世代文人的精神家园。一座城市，最能够彰显其魅力的更多的还是文化的因素。文化、历史与名人，具有永远的影响力，影响一座城市，影响一个地方。文化的魅力永远在一切风景之上。

第四辑

智慧的光芒

我们离文明有多远

县东城新区高标准规划，高起点建设，吸引了所有人的眼球，外地人羡慕，本县人骄傲。可新区刚刚粗具规模，投入了大量资金，凝聚着无数建设者辛勤汗水的公共设施和公益景观却屡遭破坏，令人痛心疾首。当笔者目睹了新落成不久的司马光广场周围几十处景观物横遭涂抹和毁坏的惨状，徒感心寒，不禁诘问：这就是我们光山人的家园吗？我们究竟离文明还有多远？

家园，是我们赖以生存的栖息之所。文明，是一个时代进步的重要标志。县城是我们共同的家园，这里的一景一石、一花一草，都需要大家的共同关爱和呵护。幼儿园的小朋友尚且知道珍爱花草，况成人乎？"共同建设美好家园"不是一句空话，是要我们每一个人为建设文明县城做一份贡献。而这些任意和故意破坏公共财物、践踏公共环境的人不仅要受到全社会的谴责和唾弃，还应该受到法律的制裁。因为这些恶劣行为破坏了公共财物，已经超出了道德范畴。这些人躲在暗处，害怕阳光，以阴暗的心理向公共环境伸出黑手，虽然可以一时逍遥法外，但"伸手必被捉"是不变的法理，他们可以一时侥幸，绝不会一世侥幸。再者，这种故意的破坏和毁灭公共景物的行为除了可以发泄私愤，暴露自己肮脏的灵魂外，对他们自己又有什么实际意义呢？这只能让我们看到这些人道德的沦丧和精神的缺失。

　　文明卫生县城，是一个县级城市的名片。我们为了创建文明卫生县城，已经努力了十年。虽然刚刚通过了市里的验收，但我们知道还有很长的路要走。我们的城市意识和文明卫生意识还未真正形成，县城脏、乱、差的现象还未能从根本上改变。我们应该自觉摒弃不良生活习惯，向城市脏、乱、差宣战，向不文明、不卫生的生活方式和行为宣战，向千年传承的各种陈规陋习宣战，更要向损坏城市景观的恶劣行为宣战！如果我们每一位城市居民都能自觉维护和监督自己居住环境的文明与卫生，这类事件一定会少发生或不发生。同时，这一事件也可以引发我们对精神世界的拷问：我们的公民素质究竟有多高？我们离文明有多远？我们的文明程度也应该随着时代的进步而进步，构建和谐社会是我们共同的责任。

智慧的光芒

"司马光砸缸"的故事流传世界,司马光的诞生地光山县也成就了"智慧之乡"的美名。

作为一个光山人,我是真的感到很自豪。

光山县位于鄂豫皖三边之要冲,地扼江淮,中立南北,通衢九州。宋《太平寰宇记》记载,县北有山,"俯映长淮,每有光耀,因名光山"。周代为弦子封国,春秋时属楚地。隋开皇十八年(598)始设县制,至今一千四百多年。这里一直是历史上的南北望郡和形胜之地,文化积淀十分丰厚,智慧源泉丰盈长流。

"公元4世纪早期,道家中产生了最伟大的博学家和炼丹术士抱朴子。"(英国李约瑟《中国科学技术史》)这个抱朴子葛洪在光山杏山、仙居山栖隐，种杏祛疾，济人以丹。他不仅总结了战国以来神仙家的理论，从此确立了道教神仙理论体系，还继承魏伯阳炼丹理论，集魏晋炼丹术之大成，这也是研究我国晋代以前道教史及思想史的宝贵材料。他应用和发明许多科学原理和方法炼丹，创立"仙术养生为内，儒术应世为外"的教理，无不透出其博大精深的大智慧境界。

不仅如此，葛洪的文学思想深受王充和陆机的影响，并在此基础上有所发展。他要求文章发挥社会作用，移风易俗，讽谏过失，认为"立言者贵于助教，而不以偶俗集誉为高"（《应嘲》）。他反对贵古贱今，认为今胜于古，指出"且夫《尚书》者，政事之集也，然未若近代之优文、诏策、军书、奏议之清富赡丽也。《毛诗》者，华彩之辞也，然不及《上林》《羽猎》《二京》《三都》之汪濊博富也"（《钧世》）。他认为文学风气当随时推移，指出"古者事事醇素，今则莫不雕饰，时移世改，理自然也"（《钧世》）。他提倡文学创作要雕文饰辞，并主张德行与文章并重。他说："文章之与德行，犹十尺之与一丈，谓之余事，未之前闻。"他进而提出"本不必皆珍，未不必悉薄"（《尚博》）的论点，从而突破了儒家德本文末的思想藩篱，表现出其非凡的智慧。

6世纪中的梁代承圣二年（553），高僧慧思入住光山大苏山，提倡修禅，陈地信众望风归附。他的禅学思想重视般若，到处讲说般若，发愿守护弘扬，他的禅法尽力于引发智慧、穷究实相。

南朝陈、隋时代的一位高僧，世称"智者大师"的智颛，不避战火，师从慧思，广弘教法，创五时八教的判教方法，发明一念三千、三谛圆融的思想，成立天台宗的思想体系。他强调止观双修的原则，发明一心三观、圆融三谛、一念三千的道理。被隋炀帝授予"智者"之号。慧思、智颛在大苏山创立的第一个中国化佛教宗派天台宗，其经典著作《法华经》"是使众生都得到和佛一样的智慧"，"天台教学中，不管任举一个问题均能掌握智慧的实践"（日本秋田光兆《天台教学"行"的意义》），处处彰显治学修身的智慧。

宋代，光山出了一代名相、大文学家、史学家、政治家司马光。光山的水土养育了司马光，他少年早慧，砸缸救溺的故事，以显露的惊人智慧而流传了近千年，以一部卷帙浩繁的《资治通鉴》成为经邦济世的智慧之作。

元代，光山出了个状元龚有福，以聪敏强记、博览群书而闻名乡里，最终状元及第，授翰林学士，官拜中书参事兼丞相事。以其"一朝双驸马"的智慧故事而流传于世。

清代，光山出了个两代帝师、易学家、理学家胡煦。他被誉为"中国的最大之纯粹哲学家"。"中国的文化生命、智慧，集中在《易经》与《春秋》""《易经》所启发的自然哲学，发展到最高峰，是清代初年的《易经》专家胡煦"（牟宗三《法言》）。其子胡季堂，官至兵部尚书、直隶总督，乾隆时的许多大政方针"悉皆季堂手定",其书法造诣精深,被文化部列为"唐代至清代全国知名书画家"之一。

唐宋以来,钱起、刘长卿、戴叔伦、贾岛、韦应物、郦道元、苏东坡、黄庭坚、张耒、曾巩、梅尧臣、马祖常、何景明、彭启丰、毕沅等如雷贯耳的文坛泰斗都曾羁旅这片风骚地,留下了无数精美诗文,使光山成为"诗城乐地"名扬海内。

元明清三代,光山出了三百五十多名举人,一百一十多名进士,大多数尽自己的才华智慧为当时的历史进步做出了贡献,留下了多学科的智慧著述一百零六部四百一十多卷。历代光山劳动人民向以勤劳富足的智慧而著称,他们的智慧之光,亦竞驰于历史的时空。唐宋时光山种茶、制茶技术已走在世界前列,光山出产的葛布已入贡;明清时光山生产的丝绸已闻名遐迩;光山的纺织品五色线毯享誉全国。近现代从光山走出的各类专家学者遍布全国,领秀于科苑学林。物理海洋学泰斗、中科院院士文圣常,以"文氏风浪谱"享誉世界。著名植物学家张景钺的传人梁家骥教授,执掌北大教坛数十年,桃李满天下,学术有大成。著名教育家冯友兰的弟子涂又光教授,身兼华中科技大、北大等著名学府的教职,著述、译著甚丰,集文史哲、教育、书法诸家于一身,以治学严谨闻名于中外教育界。著名画家徐庶之作品流播于法、意、日、澳、南美及东南亚,盛名于中外画坛。铁道专家陈守常、姚应尊,用技术和智慧谱写了新中国铁路建设史的光辉篇章。

光山是邓颖超的祖居地，还培育出了尤太忠、万海峰、钱钧、吕清等三十多位开国功臣宿将，展示了他们救国图强的智慧。

在改革开放的历史进程中，与时俱进的光山人，施展才华智慧，有了多项技术发明专利和人文科学著作成果。无论是在高新科研领域还是在科学普及应用方面都有光山人引领风骚，载誉一方。从光山走出了两万余名大学生，走出了大批创业有成的企业家，走出了时代英模，走出了科技新星……

中国传统文化是儒、佛、道三教汇合而成的文化形态。大儒家司马光、胡煦，佛学家慧思、智𫖳，道学家葛洪，或生长在智慧之乡光山，或在光山度过美好年华，使自己的智慧得到充分而完美的发挥和实践。

光山不愧是"智慧之乡"我们在智慧之光的沐浴下建设着美丽的家乡，弦国故地永远在闪烁的智慧光芒里一路前行。

心　曲
——元旦奏章

1

　　一支雄浑、激昂的交响乐在大地上滚动，人流剪开第一缕乳白色的晨雾的纱幕，城市和乡村沉浸在又一个紫色的黎明中，昨天的太阳跨进今天的大门，宣告昨天已成为历史……

2

新纪元伊始，我想起了我的昨天，想起了昨天的失落。

昨天，太阳温暖，大地葱绿，耕耘者手中的犁耙从未停歇，而在这东方古国的一角，我的那颗珍贵的心，曾失落。

是的。昨天，我的心失落过。

那是一个腥风血雨的季节。我和我的许多同龄人一样，随着潮涌滚滚向前。感情在膨胀，理智在哭泣，我的心已从我的胸膛里悄然挣脱。

我的心失落在地，我成为一具没有灵魂的躯壳，像一株没有根的树，在风雨中倾倒、折断，我仿佛置身于一片亘古洪荒，我的躯壳负载着一个混沌、荒凉的世界。在我眼里，一切真实的东西变得虚伪，一切雄伟文明的大厦开始坍塌，一切人类改造社会、改造自然的事业和美妙的信念、爱情成为另一种价值……

母亲在阵痛，在流血。慈祥的母亲在儿子无知的肆意戕害下伤痕累累。

母亲殷红的鲜血流遍了我的人生，才使我有一刻真正拥有了人的冷静。这一刻，人的冷静使我敢正视那颗失落在地，被踏得模糊的心。

我哀伤痛苦地把心拾起，请求惩罚。

母亲是宽厚的、仁慈的，把我的心放在春天一起生长，重新令我成为真实的，才使我不会不知道我是谁。

3

岁月的河，是一条生命的河，你永不停息地流淌，流过昨天，流向今天，也流往明天，汩汩，汩汩……

我振奋。我振奋于迎接今天这个伟大的时代，振奋于迎接今天灿烂的朝霞和明媚的阳光……

我知道，无论我是多么疲惫，多么困苦，即使我被一切所抛弃，你也不会抛弃我；无论我是多么顽皮，多么无知，即使被一切所厌恶，你也不会厌恶我。你都会用你宽厚的慈爱负载起我的心灵，揩干我的眼泪，将我拥抱在你暖烘烘的胸脯……

你捧给我一个崭新的四季，我不再迷茫，不再忧郁，不再低头徘徊……

你的太阳高悬在我的天空。我抬起头来，我的未来充满希冀：蓝色的天穹，洁白浮动的云朵，东逝的水声，沸腾的海哮，翱翔冲刺的海燕……

我感到了时代的召唤。

老人与山

　　每当我伫立在那座山下，仰望山巅，看彩云飞渡，我便想起那位老人。

　　我不知他的姓名，但每次我从山里回来，眼前常常浮现那座山，同时浮现的，还有那位双鬓斑白的老人。老人行走在崎岖的山道上，嘴里哼着他自己编的校歌……

　　那座山下有一座旧祠堂，祠堂被风剥雨蚀，破败不堪。就是在这里，他创办了山里第一所小学。

　　那时，他还是一个风华正茂的青年，当他把行囊和书籍搬进祠堂，便已决心要在这里度过自己的一生。当他吹响第一声上课的哨音，寂寞的山里从此有了生气。

月复一月，年复一年，他在那座山的旧祠堂里讲着丑小鸭、小白兔；讲着李时珍、祖冲之；讲着哥伦布、达尔文；讲着林则徐、鲁迅；讲着大山外面那一个缤纷的世界，讲着缤纷世界的神奇与奥妙……

岁月无情，他的一头黑发染上了白霜，笔直的身板已佝偻弯曲。他喜欢坐在大山下，倾听大山的声音，在晨昏雾霭中燃上一支烟，要在烟雾袅袅中把一群群"丑小鸭"变成"白天鹅"放飞到山外的世界，又在烟雾袅袅中期待着大山里春天鲜花开放，秋季硕果累累……

有一天，旧祠堂被拆掉了，一幢双层的教学楼拔地而起，老人也该退休了，老人不愿离开他亲手创立的学校，又拉响了上课的电铃……终于有一天，老人闭上了眼睛，脸上挂着安详的微笑。临终前，他嘱咐把他埋在那座山上。我去山里的时候，没有上山去找他的坟，就在大山下面对着大山凭吊。

我想，那座坟就是那座山，那座山就是那位老人。

我辜负了那群"孩子"

离开三尺讲台，一晃已有五六个年头了，虽然这期间随时都有重返学校的可能，但终是没能回去，平时也很少设想再上讲台的情形。对十多年的教育工作竟然如此淡漠，真让人难以置信，那是十多年的全部身心投入啊！没想到因为一位当年学生的来访，改变了这种心境，很让我有了一番冷静思索、重温旧梦的情趣。

这位学生是我当年数百个学生中的普通一员，如今已是两个孩子的母亲了。因为偶然，我与她做了邻居，才有了她的到来。她说她和一些同学经常谈起我，很怀念我教他们的那段时光。接着，她又向我谈起她那届部分同学的工作和生活情况，上大学的、参军的、当工人的、种地的、干个体户的，大多已做了人父人母了，这使我很感意外。这位学生是我十多年教学生涯中比较晚的一届毕业生，我只能通过她提到的同学名字回忆起一张张生动活泼的面孔，那么天真，那么任性，回忆起来仿佛就在昨天，怎么忽然间也都做父母了呢？那是一群还没有长大的孩子呀！

学生在笑我，说那已是十多年前的事儿了。我一想，也是。我不是从十六七岁开始走上讲台，一晃也三十而立了吗？人都在迅速地成长，像一地庄稼，一茬接一茬，赶趟儿似的疯长，这是不可违背的生命规律呀！只是学生在老师的记忆里，是一群永远也长不大的孩子……

学生走了，我的心里忽然空落落的，有一种若有所失的惆怅。静一静，我陡然产生了重返讲台的欲望。几年过去了，十几年过去了，还有那么多的学生记得我，想着我，人生还有什么比这更有意义的呢？学生一批一批地走上社会，带着老师教授的知识去从事社会实践，去探索他们自己的人生，作为老师，该是何等的自豪啊！

时节如流，岁月匆忙，人生短暂。知识是教师通过言传身教，使之得以一代代传播，建设社会文明，推动历史前进。职业千百种，最受人尊敬、最有意义的是教育，最能经得起时间检验其价值的还是教育！我意识到：我辜负了那些已走入社会的学生，也辜负了那群正在学校里读书的学生，辜负了那群已经长大和正在长大的"孩子"！

我不禁为这迟悟的道理惴惴然了……

春　韵

　　春悄悄地走来了。

　　春，远远地，看见了；走近了，却又不见了。弯下腰去细细地寻，田埂上、坡地上，这里钻出一点儿青，那里露出一丝儿绿，都生机勃勃的；让你热情、让你激动，让你感到生命的鲜活与伟大……

　　春迈着轻快的脚步，穿行在柳絮中，徜徉在麦浪里。梨花如雪，桃花似火，风和日丽，莺飞草长。掬一缕清风，捧一把泥土，满眼的明媚和满鼻的馨香，让你整个身心都沉浸在清新温柔的美妙世界里……春是一位情窦初开的美丽少女，披着朦胧的面纱轻轻地走来了。她走过夏的热烈，走过秋的困倦，走过冬的冷漠，走进三月亮丽的阳光下，亲着河水，吻着土地，拥抱着所有走到原野上的人们。

春是一个斑斓多彩的梦，所有的画面都是暖色的，找不到阴暗，听不到叹息，没有一片绿色是忧伤的，没有一种声音是低沉的，春天把天空擦得很清净、很明亮，春天把姑娘打扮得很招展、很动人。

春是一支悠扬的歌，音符里跳动着季节的色彩，激励着那些勤奋的人去寻求人生的真谛。有雨的时候，音乐很柔和很悠长；有阳光的日子，歌声很悦耳很激越。如果你能弹拨起心弦，一定会奏出人间最迷人的乐章……

寄 语

　　岁月不居，时节如流。转眼间，麦月已逝，仲夏来临。更名后的《教育园地》以崭新的面貌，带着迟到的祝福向你走来，接受你的检阅，等待你的关爱。

　　《教育园地》初创不久，生命稚嫩，步履维艰。但我们决心坚守这块"园地"，牢记创刊宗旨：致力于教育改革，探讨教育新情况、新问题、新理论、新思维、新观念，面向校园，面向师生，交流教育教学经验，传播教改信息，以活跃师生生活。我们殷切地希望全县广大师生大力支持这个刊物，多多赐稿，多多指教！《教育园地》愿为一切有志于教育教学研究、探讨者提供一块跳板，愿你们由此起跳跨越新的高度！

　　《教育园地》立足城关，面向全县，栏目丰富，视角新颖，注重时代性、知识性、可读性，侧重教学、教研及教育管理工作，关注师生生活，提倡不同观点的自由讨论与切磋，努力开创教育教学研究的清新之风，为教育工作鼓与呼，是全县广大教育工作者自己的"园地"，是所有关心、支持教育事业的社会各界人士的知心朋友。

　　"苔花如米小，也学牡丹开。"《教育园地》虽是我们城关教育管理站主办的刊物，但我们努力向《教育时报》《河南教育》以及其他省级教育报刊看齐，使之成为教苑中的一朵奇葩，为人民教育事业做出应有的贡献。

除却感谢

时光如白驹过隙，一晃又至晚秋。

很多朋友一次次地问我：《教育园地》还在办吗？又出了几期？面对这样的关切和垂问，我虽不好回答，心里却总是热乎乎的。几年来，我们寥寥两三个编创人员各自担负着一份工作，几乎是用业余时间在编印着我区唯一一家教育期刊，勉力而多艰。

作为一个教育期刊，尽管我们十分注意它的时代性、知识性和趣味性，但因为没有固定的经费支持，又面临着诸多报刊竞争和社会文化报刊整顿的双重矛盾，可以说是在夹缝里求生存，有时真想停刊了事。然而，我们是几个热爱教育教学工作的痴情人，想耕耘好这块园地，想春种秋收，想追求一种高品位，想创造一个可供广大教师研讨和争鸣的机会……我们很难。我们心中的那份高贵的事业感随时都有被社会现实击得粉碎的可能—好在，经过几年"竭精殚智"的工作，拥有了一部分热心的读者和作者，这是社会给予我们最丰厚的奖赏！好在，全县教育界人士及社会各界有识之士给了我们最诚挚的理解和关爱！特别是城关镇近两任党政领导给了我们最大的关怀和支持！王照全、熊国友、郭明东、王明恩、李祖远等同志为我刊的创办和发展付出了努力，周永烽、余自明、蔡传智、曹有益等同志在我刊最困难的时候援手扶携，原镇长余自明调任杨墩乡党委书记后仍热切关注着我们的工作。新任镇长朱大松亲自为本刊撰文……有了这些领导的热情关怀、支持，我们本已漠然的事业心又重新被唤起并且感到使命神圣起来，我们切不敢有丝毫的懈怠而愧对他们。作为编辑部一员的我能说什么呢？除却感谢，还是感谢……

一张村报的重量

——代发刊词

酝酿了很久,全国文明村上官岗村决定办一张自己的报纸。在这个万木争荣的五月,《今日上官岗》沐浴着上官岗人关切的目光,也承载着光山人的万千期盼,姗姗而来。

上官岗村在一个开拓创新型领导班子的带动下,在地缘经济的引领下,于2003年率先建设新农村,成为豫东南新农村建设道路上的领跑者。经过十年的探索发展,该村已经是物阜民丰,富甲一方,改革发展进入一个新的征程:聚合要素,对"三农"问题进行公司化改革,成立土地股份、劳务股份和实业三大合作社,实现"征地换商铺产权、拆迁换城镇住房、集中居住换五大保障"的"三置换",使农民逐步过上现代文明的城市化新生活。该村新一轮的改革发展正处在一个前所未有机遇期,迫切需要一个传达政声、透视社会、关注民生的载体,特别是随着村民精神文化生活水平的提高,更需要一个可以享受文化、愉悦心灵、展示风采的平台,《今日上官岗》便在这种情形下应运而生了。

《今日上官岗》的办报宗旨:立足本村,眼光向外。面向农村,贴近实际工作;面向农民,着力劳动素养和文明素质的提高;面向高端,探讨发展方法;面向社会,传播先进理念。

《今日上官岗》的栏目设置:主要为时政要闻、民生视界、百姓视窗、文化视点等,还将设立新农村改革与探索高端论坛栏目,邀请国家级"三农"理论期刊编辑和全国知名农村经济专家、教授谈农业及农村改革,引导农村改革发展方向。

"苔花如米小,也学牡丹开。"《今日上官岗》是我们上官岗村民委员会主办的一张月报,也是全国屈指可数的村级报纸之一,可谓"最基层";但我们却要努力地站在时代的"最前沿",向大报看齐,开新农村探索与改革的先河,发新农村建设与发展的先声;为蓄积上官岗经济社会发展的"正能量"加力;为助推区域乡风文明进步鼓与呼,让时间称出我们这一张村报在区域经济社会发展以及农村城镇化文明进程中的重量!

魅力，在山在水更在人

一切生命都在母体里孕育，一切生命都从土壤中诞生。光山这块古弦国之地，立淮河之南，居大别山之腹，在蔚蓝的天空下，得天地之灵气，聚日月之光华，不断孕育着新的生命，不断创造着新的辉煌。

生于斯，长于斯。我无时不在为家乡辉煌的历史与现实骄傲着、激动着，如那一脉经流不息的官渡河，静静地、静静地注视着这里的日新月异、生生不息，以及宽厚、智慧与宁静。

可以自豪。光山历史悠久，古弦国、古西阳、古光州、映长淮、浮光山，有着几千年的古老文明。

可以骄傲。光山自古多才俊，名流眷顾地，人杰之故乡，郦道元、苏轼、梅尧臣、马祖常，这些如雷贯耳的文坛泰斗都曾羁旅这片风骚地，笑傲山水，歌咏田园；司马光、胡煦，这些光山的鸿学饱学之士大儒大贤大德的名字光耀千秋。

可以欣慰。红色革命青睐光山，大革命时代，许继慎、高敬亭等数十万英雄儿女血染山河，浴血长眠，青山处处埋忠骨；中原突围、挺进大别山，中国革命在这里实现了大转折！刘伯承、邓小平、李先念、徐向前赤脚瞠过官渡河的河水指挥若定，决胜千里；邓颖超、尤太忠、万海峰这些共和国的高级领导和将领是这片土地上最优秀的儿女。

可以满足。光山有幸，慧思开悟，结庵大苏山；智领大师创立天台宗，道岸始建净居寺，鉴真师承天台，创立律宗并传至日韩等东亚各国，使天台宗文化如同滔滔淮河水流淌不息，源远流长，广济天下。

可以慨叹。光山物宝天华，特色经济名扬山外，茶叶、青虾、花木、麻鸭已形成产业，平煤蓝天、布鲁哈、白鲨、天瑞、远大鑫鸳鸯等五大支柱工业名噪业内，问鼎商海。

可以感动。这里山青水绿，气候宜人，得天地之宠，沐日月之爱，钟灵毓秀，有北国江南、江南北国之誉。铁路、高速路纵横交错，城乡通途；东城新区园林新城风姿绰约，富丽毕现，彰显着城市的个性和品格；蓝天度假村、上官岗农民新村等一大批农业生态旅游胜地魅力四射，异彩纷呈，彰显着农村的富庶与活力．这里凝人心，聚人气，十万充绒产业大军遍及全国，飞扬的羽毛托起了农民的希望。"建设魅力光山，打造豫南温州"

的号角声犹在耳，不断激励着光山人的奋斗决心和创业豪情。

在这种历史与现实的景象里，我常常喜欢一个人独自行走，走到一种特有的风景里去阅读自然——

我喜欢站在淮河边的某一个拐弯处看河水壮阔奔流。那时，我最容易想到的是大河广博的胸襟、雄伟的人生，想到的是一个时代的改革者和创业者敢于冒险、敢于开拓、敢于进取、敢于拼搏的思想与情感，因为那就是壮阔的奔流。

我喜欢站在大别山的某一个山巅上看山势屹立巍峨。那时，我最容易找到人生的支点和坐标，感到已拂去世俗的尘土，心灵不再苍白；感到大别山永恒的刚毅巍峨，精神就有了支撑和依靠，就找到了故乡的灵魂与脊梁。

我喜欢站在县城的街头看车往人流。这里的变化一日千里，突飞猛进。大别山伟岸挺拔、默默无语地燃起了光山人民的创业激情；淮河水蜿蜒百转、一路喧哗，激起了光山人民的生命活力。是山的雄浑？是水的妩媚？是人的智慧？是社会的和谐？

光山的负载太多太多，光山也孕育了太多太多。绿水因山而柔，青山缘水而刚；山水因人而容，人缘山水而悦。

魅力，在山在水更在人。

我在感受着光山的魅力。魅力就像永恒的雨丝问候每一朵小花、每一株小草、每一棵小树，是太阳、土地和人的一种和谐，是我永远寻找的诗情。

春天里，我们热情地歌唱

原野上，融化的冰雪开始慢慢地渗进缓缓解冻的土地，百草与百花的根须开始轻轻地松动和舒展柔软的腰肢，万物复苏便如一次蔚然壮观的生命涅槃，如一场气势恢宏的人生大戏开始拱出大地的舞台，让整个世界倏然美丽、豁然闪亮。

一切生命开始在母体中躁动。

绿色与生命是冰封不住的，犹如我们的激情和歌声是压抑不住的一样。绿色与生命是土地对大自然的回馈和答谢，激情和歌声是我们心中情感的宣泄和张扬，也是关于生命的最美丽最瞭亮的歌唱。

好雨知时节，当春乃发生。穿行在蝶舞蜂鸣、燕飞莺啼的春风里，大地上到处氤氲着沁人心脾的气息，到处绽放着醉眼迷离的花蕾，给了我们赏心悦目的美妙感受和心旷神怡的终极体验。这一刻，光山县的文学苑圃中也悄然绽放出一朵奇异而亮眼的新葩——《弦歌》应"孕"而生。

《弦歌》最早是 1986 年由县文联创办的一张文学月报，1997 年停刊，至今已经十六个年头。在刊期间，这张文学月报滋养了域内一代文学青年，走出了不少全省乃至全国知名的文艺人才，成为光山的骄傲。弦国故里，以山为弦，"文章合为时而著，歌诗合为事而作"，可谓大气磅礴。而今，我们舞起盛世霓裳，抚琴而歌，将其复刊并以期刊的形式出版，为"智慧之乡"的建设鼓与呼，算是力尽绵薄吧！

种豆得豆，种瓜得瓜。这是春种与秋收的关系。像百草与百花拱出大地的舞台一样，我们也向广大读者捧出了这本薄薄的杂志，就像农民把希望的种子播进春天的土地。这是季节的期待，也是土地的希冀。

在这个春天里，我们如百灵鸟一样开始歌唱并热情地歌唱，带着希望、憧憬着未来，歌唱文学春天的到来，更歌唱我们这一个繁荣昌盛的伟大时代。

在路上

　　人的生命意义在于人生价值的实现，而人生价值的实现形式又是通过生命实践来完成的。人生短暂而匆忙，生命实践的终极目标和最高状态莫过于在人生有限的时间内淋漓尽致地展示生命的精彩与辉煌，为人类留下宝贵的精神财富。也许，这是一种凡夫成圣的思想，但具有这种思想，对社会的发展进步与和谐绝对是有积极意义的。

　　何为圣人？孔子认为，"博施于民，而能济众"者为圣人，如尧、舜、禹、周公等。儒家的后继者把孔子和孟子称为圣人。法家的韩非认为圣人具有多重才智，有巢氏、燧人氏也是圣人，他更称颂那些"不期修古，不法常可，论世之事，因为之备"

的改革家为"新圣"。道家则认为只有那些无为、无事、无欲的得道之人才算"圣人"。不管怎么说，圣人，就是一种理想人格和道德典范。

圣人也是人，不是神。人与圣人，重要的应该是思想境界的区别以及对人类社会历史发展的贡献。圣人具有至高至善的学养与修为，对世间万物具有超凡的认知力、判断力和洞察力。圣人的思想影响的不仅是一个时代，还会穿过千年历史风云，影响后世千秋万代的人的思想和社会发展进程。

中国古代思想家灿若繁星，他们对世间万物具有超凡脱俗的理解和认知，领悟出自然世界的真谛与奥妙，总结出"相由心生，境随心转"的人间真理。让我们知道：人的心灵太重要了！所以，虽然圣人永远都是少数，永远都是千年人杰百年人物，但凡夫俗子是可以通过心灵修为而企及的。这些古圣先贤，对人类社会发展有着卓越的贡献，在思想领域形成了独到见地、系统学说以及理论体系，达到了出类拔萃、登峰造极的境地，启示人类智慧，让我们景仰和膜拜。

圣人、伟人、贤人是相对于普通人、平常人和庸人而存在的。如何成为圣人？有的认为圣人是先天的，如孔子的学生子贡说，孔子是"固天纵之将圣"；有的认为圣人是后天努力的结果，荀子说，"故圣人者，人之所积而致矣"其实天赋与努力都是不可或缺的，《了凡四训》告诉我们，了凡成圣，就是一个凡夫成圣的例证。也许我们永远成不了圣人，但是只要我们敢于给自己立命，瞄准人生正确航向，修谦德，改己过，走在成圣的路上，我们就走在了人生的正途。在路上，就会学会放下，一往无前，淡泊名利，宁静致远。在路上，就会修身正心，充满向往，心灵净化，品质提升。在路上，就会砥砺意志，锻炼修为，精进学养，增加感动。在路上，就不会心存邪念，止于思考，落于平庸，陷于绝望。在路上，就一定会有未来，有希望，有梦想，有远方。

也许，我们永远也成不了圣人，但只要我们一直在路上……

第 五 辑

人间冷暖

有一种享受叫宁静

一把竹椅、一杯清茶，在春天的景象里，我一个人独坐在老家门前的水塘边。塘埂的下面是一条弯弯的小河，岸边黄色的油菜花、粉红的草籽花在风中轻轻摇曳，碧蓝的天空云卷云舒，清冽的河水泛起涟漪。我的目光在这样的风景里寻觅，顿觉神舒气爽，心若止水。许多年都不曾有过这样的安闲与享受了，我的整个身心都有了一种安逸恬适、轻松惬意，甚至渐渐被羽化的感觉。

我沉浸在这样的景象里，许久也不曾改变一下自己倚坐在竹椅靠背上欣赏风景的姿势。大自然无穷的魅力调动着我的所有感觉感知，原野上春天的画图里的色彩是这样的奇妙，轻风拂过耳边犹如天籁之音。在这种静与动的美妙世界里沉醉着，什么都可以想，什么也可以不想，可以赏景，可以歌唱，可以沉默，可以养神，可以读一两页好文章，也可以让思绪信马由缰……那一刻，我看不见熙熙攘攘的街市人流，也听不到市区的热闹喧嚣，感觉人真的是化在清风与美景中了。

这是老屋门前的景象。村子里的人都搬走了，都搬到靠公路的地方去住了，都去围着热闹与喧哗了，只留下我的老屋，静悄悄的。二十多年前，也是这样的一个春天，我倚在门前水塘边上的一棵老柳树下看着与今天同样的风景。风很大，水塘的春水波浪起伏，拍打着堤岸，柳絮在风中飞舞，整个春天的气息氤氲弥漫在我的身心。那时我还没有见过大海，心中就想象了一下大海的情景。在波浪击岸的声音里，我感受着春风吹面不寒的温柔与甜美，也向往着村外的那个精彩的世界。

村外的精彩世界是什么样子的呢？我怀着对未来的憧憬与幻想，从一名家乡的小学校教师走到省城去读书，又回到可以随时触摸到家乡脉搏的县城里来工作。县城的城市规模不大，城市与家乡的距离也近在咫尺，但工作了二十多年，寻寻常常，忙忙碌碌，却很少在工作的间隙里回到家乡来，来领略这一份清净与闲适。人生如梦，时间一去二十多年，弹指一挥间。在人世间行走，在社会上打拼，更多的是默默地承受，时光一如东逝的流水去而不复。回头看，一切都是浮云，只有一直坚守、一直秉持不被尘世污染的干净而善良的心灵才是属于自己的，也是可以拿到太阳下晾晒、拿到春风里吹拂的。在这样的一个小我的世界里，心灵的空间却是博大的，被岁月洗涤去的是污浊与晦暗，而留下的是清洁与光华。时光永远不会停歇，人类的思维也永远不会停歇，停歇的只有作为生命个体本身。

这样的宁静对于我，无疑是精神家园的一次重温，一种皈依。

人在社会中打转，你不可能永远地置身于世外。其实，家乡离县城越来越近，新村西建，城市东扩，目之所及，县城高楼的轮廓依稀可见。我时常在高高的办公楼上向家乡东顾，也能够遥望到家乡的村居、田野和那棵高大粗壮的老柳树。一切都在日新月异地变迁，一切都在翻天覆地地发展，热闹而喧哗，而唯独这份宁静是独有的。

重要的是，我们能否在繁忙与纷杂中去寻找一份自己的宁静。人是需要宁静的，是要有一个自省的时间和空间的，哪怕只有片刻的宁静。

在这个春天的景象里，独享这种安闲与宁静，不能不说是一种至美至善至纯至真的享受。不以物喜，不以己悲，不知不觉间，我似乎已经走进范仲淹的境界里了。

隐者、历史及其他

　　初晤刘自淮先生，是在东岳寺山下的"禅房"里。他着僧服，执青花瓷茶壶，一边寒暄，一边为我们沏茶。一个硕大的根雕茶几周围坐着几位他已经认识的我的文学圈儿里的朋友。一个巨大的长方形书案上摆放着文房四宝，墙壁上挂满了"茶""佛"等书法作品，置身其中，顿觉禅茶一味，书香四溢。上次邀约，我因事未去，这几位朋友便捷足先登了。据说他是一位高士，语出玑珠，见地独到。此人20世纪60年代初出生，早年经商，颇有家资，后回乡承包荒山，辟山种茶，耕作劳形，经营有年，便离不开这片山了，并已皈依佛门，号"贤坤居士"。

　　这片山叫东岳寺山，居于泼河水库南约五公里处的绵延浅山地带。山势不高，有顶无峰，但其仍显为群山之上者。树木葱茏，翠竹环抱，鸟鸣于耳，临水而居，不失为一个绝佳的去处。

东岳寺，何以称岳？寺在哪里？自淮先生说，我们一起上山，——可以解答。仲夏焕热，他换上了劳动时的便装陪我们登东岳寺山，要带我们去寺的原址看看。我其实对普通的寺院兴趣不浓，因为自佛教传入中国，特别是唐宋之后，佛教兴盛，寺庙普及，一个县少则几十座，多则上百座，佛堂塑像，大同小异。不过，佛教文化对于一个凡夫俗子来说还是很神秘的，寺院文化是中国的一种文化形态，与儒学、道家文化和谐共生。来到这里，我即刻想知道的是东岳寺建立于哪一个年代、属于哪一个宗派、有什么样的规模、可曾有过高僧大德留住。东岳寺显然名不见经传，不知道是否值得来踏访。

我们站在东岳寺山顶，海拔虽只有两百多米，但可以俯瞰泼河水库全貌及周边的群山。夕阳下环顾周遭，水库那一片水域平静浩渺，白亮泛光，小岛密布，恰似一张向天际铺展的巨幅山水画卷。四周山势连绵逶迤，你起我卧，雾气环绕，宛如一幅挂在天边的泼墨写意长轴画。目之所及，自然之美叹为观止。

山上没有想象中的殿宇楼阁，昔日的断壁残垣显露于地表。山顶最高处有一新建的单体小庙，里面供奉着三尊佛像，是自淮先生捐建的。自淮先生告诉我，寺因山存，山因寺名。据传原东岳寺建于明代万历年间，是本县泼陂河人毕佐周所建。毕佐周于明万历癸丑年（1613）中进士，任山西茌平知县。他求贤若渴，爱民如子，遇上荒年，他开仓赈济，深得人民爱戴，遂被升为御史，因到广西平叛南蛮有功，引起彭应参的嫉妒，彭应参参劾他"执法、杖指挥庄烈"而触怒皇帝，欲判其重刑。此事引起陈于廷的不平，向皇上直言抗争，可是皇帝意志已决，毕佐周与陈于廷同被贬斥。毕佐周回乡后，做了很多好事善事，修建了永济桥、黄涂湾卷棚桥和龙石桥，还修建了不少禅堂寺庙，如东岳寺、大悲庵、回龙寺等众多寺庙都由他募资所建，东岳寺因其供奉岳王爷而得其名。

据史料记载：此寺庙坐北朝南，庙外修有花圃、日月池。店内有正殿、拜殿、住房、经房共一百多间，泥塑菩萨像数百尊，最大的塑像高达丈余。从这些文字里，可以想象一下该寺昔日的辉煌。如今寺庙的遗址处蒿草蓬勃，残墙断瓦，脚下的文化层约有两米。四下找寻岁月留痕，有一面风蚀雨剥的石壁上自然形成了一幅精美的图画：山崖壁立，云遮雾罩，松立其上，根须如虬龙缠绕。我和一位同行的画家朋友异口同声地惊叹：这真是难得的自然构图，美妙绝伦！遂纷纷拿出手机拍了下来。

从山上下来，自淮先生又带我们经过"神留桥"，去参观了与之毗邻、处于新县境内的丁李湾古村落。回来的路上，自淮先生一边开着车一边向我们介绍这一带的文化遗迹和历史传说，娓娓道来，如数家珍。

　　自淮出生于浈河水库库区，青年时期在北京务工创业，参与了故宫的大规模维修，对我国的古典建筑艺术有独到的领悟和见解。如今他深居山中，绿化荒山，种茶为生，自己设计建造了几处造型别致、风格迥异的房屋。在两棵古老高大的银杏树下，他常常一杯茶一卷书，慢慢地品味，看山上日出日落，望天边云卷云舒，人生况味，莫过如此雅境。他像一位居士，更像一位隐者，一般很少出山。常常静下心来思考，对生命就有了很多超然物外的感悟。

　　我们来到东岳寺，是寻访湮没在历史长河中的那些历史遗迹，还是因为一个隐者个人魅力的吸引？我不得而知。

　　如今，自淮先生在这里一边修炼着个人的品性，一边勤劳耕作，科学种茶，产自东岳寺山的"浈河明眉"先后荣获"1999年度昆明世界园艺博览会金奖""河南省十大名茶"，"东岳寺茶"荣获"河南省名优茶评审银奖"等多个奖项，成为信阳毛尖中的上品。

　　那天中午，我们就在自淮先生"禅房"下面的小屋里就餐，一桌的天然菜品，素菜都是从门前的菜地里获得，山野菜、黄瓜、茄子、豇豆应有尽有，荤菜鸡子是山上放养的，猪肉是山里农家代养的放在冷库冷藏的，鱼是门前"月池"里刚打捞上来的，就连喝的酒也是用灵芝、何首乌炮制的，让我们这些"城里人"贪婪饕餮了一回。

　　这里简直就是一个世外桃源。

　　2012 年的秋天，东岳寺山迎来了全国著名书画家、中央美术学院教授程大利一行。他们一来，便钟爱上了这片山水，留下了多幅画作。近几年，很多书法界名人、作家、学者来此写生、游览、考察，光山县作家协会的创作基地也将在此挂牌。这等风景里，有了文人墨客的遨游和光顾，赋予这片山水以艺术的气息，"藏在深山人未知"的东岳寺就会有更加无限的魅力和生机了。

竹

　　如果有人问我：万木种种，你最喜欢什么？我的回答一定不是参天的松树，不是四季常青的翠柏，不是贵为天下第一的牡丹，也不是象征爱情的玫瑰，而是竹。

　　竹在我的家乡豫南农村很普通、很平凡，村前屋后，水塘边，山坡上，到处都可以见到。在儿时的记忆里，有两处竹园印象最深。一处是离我家不远的一个叫涂竹园的小村子，十几户人家，一个偌大的竹园，将村子严密地包裹在竹林中。上学放学路过那个小村子，远远地总要多望几眼，觉得那竹林既好看，又神秘。每个假期我都要去那个竹园里玩几次。还有一处就是姑妈家的村子，叫邬围孜，也是一个很小的村落，周围被水围着，进出就是一条路，水围着的小村子又被竹林环抱着，极美极美的感觉。我每次去，就要和表兄到竹园里去玩，要么去竹林里疯闹，要么就是搬着小椅子坐到竹林里去读书。

后来长大了去外地读书，想念家乡的时候，最多的就是回忆起家乡阡陌纵横、竹枝摇曳的情景。我在家乡教书的时候，不单给自己的小院移植了几丛竹子，还给学校里移植了几丛。我把竹子栽植在我的窗前，看竹子的枝叶生长，听雨打竹叶的声音，觉得心里十分的酣畅和快慰。

也就是从那时起，我开始学画，无师自学起来，画花草、画梅、画竹，不用彩色，只用水墨。那时我所见到的竹子种类不多，对竹子的相关知识也知之甚少，就是原始的喜欢，打心眼儿里喜欢，画得最多的也是竹子。在宣纸上，一瓶墨汁，一碗清水，一支毛笔，画竹茎、竹节、竹枝、竹叶，然后可以画蝉，可以画鸟，让水墨在宣纸上漫开来，一幅幅造型各异的竹图就跃然纸上了。

儿时对竹的喜爱一直延续到今天。无论在哪里，凡见到竹我都会驻足观赏，世界上的竹子有七十多属一千两百多种，常见的也有几十种。在景区、在路途、在园圃、在庭院，我喜欢每一种竹，喜欢每一株竹，觉得竹不仅美在色泽、美在结构、美在造型、美在姿态，还美在干净、美在明亮、美在翠色、美在高洁。竹子苍翠欲滴，临风挺拔，柔韧光洁，不染杂色。晴天丽日，竹子洒下斑驳的光影，优雅婆娑，摇曳生辉。雨天雪中，竹子任凭雨雪敲打，清新自然，傲骨依然。竹节坚硬，枝叶柔美，无处不闪烁着生命的光华。竹管空心，叶片笔直，无不昭示着生命的光辉。

　　古人喜欢竹，多偏重于它高洁、刚直、谦逊的品格。我喜欢竹，除了这些优秀高贵的品质外，就是喜欢竹的自然美、形态美、观赏美。喜欢竹作为一种植物的美妙与风姿，喜欢竹也是与我的审美需求和生活情趣有着密切关系的。行笔至此，我算是可以理解郑板桥所说"可以食无肉，不可居无竹"的真意了。

忘却二月

三月走来，门前的水塘边上悄然催生出了一丛丛碎小的花，红的黄的白的蓝的，星星点点，一眨一眨的。又见三月，春如去岁。我凝望着那一片明媚，也望到了我那聪明可爱的小侄女，她正蹲在夕阳里，双眸含悦，一双小手缓缓地伸向水塘边上那开放的花朵……

那一片明媚忽地黯淡……

我多想忘却三月。

小侄女来到人世间刚三个年头，只过了一个生日，就天真得讨人喜欢。记得她出生的时候，我正在郑州大学里学习，她的爸爸我的二弟让我给取一个名字，当然是时髦且有意义的。我没能够做到。我想，女孩子不应有太多的坎坷，应该平静地生活。我希望我的小侄女长得文文静静的，有一种娴静、淑雅的美，于是就信手给她取了一个"静静"的普通名字。我结束学业回来的时候，静静已经会走路了，只是还不稳当。农家孩子没那么金贵，父母一忙农活，也就顾不上她了，任她在我家院中的一块水泥晒场上滚爬。她最喜欢晒场边上我的房门外那几级台阶，我时常看到她不厌其烦地爬上爬下，下去的时候总是很小心的样子，屁股先坐到上面，然后移动双脚，再移动屁股，一级级挨下去，直到双脚触到地面才敢站起来，生怕会从台阶上摔下来。在我的记忆中，静静是在那一块水泥地面上爬着学会走路的，也是在那几级台阶上滚爬着长大的。

我结婚较晚，虽然没有哪个部门给我什么晚婚的表彰，我还是等到二十九岁才结婚。我的小侄女正跟我起的名字一样，长得很漂亮很文静，也生得聪明伶俐，这也就得到了我新婚妻子的喜爱。每次我们从城里回去，静静老远看见了就跑过来，甜甜地叫着"大爹"和"妈妈"。虽然她只能把"大妈"叫成"妈（四声）妈"，但我们听了都感到特别亲切、感动，总是会迎上去抱一抱，亲一亲。

女儿阳子出生以后，妻子回老家休养，静静便成了我家的"常客"，整天守着小妹妹不肯离开。你抱，她也要抱；你亲，她也要亲。每当妻子吃点什么，静静总要拿着她自己的塑料碗，像一只馋猫守在一边，分到一点儿之后，就很懂事地端到外面吃去了，那举止又如一只小羊羔，乖巧、柔顺。

阳子满月的那一天，她姥姥家来人接走了她们母女，我也在这一天去了外地出差。我第二天回家，天已经擦黑了，我家屋外围了很多人，有的在哭泣，有的在叹息。我的小侄女静静平静地躺在地上，她为了采摘水塘边上那些碎小的花儿溺水而死……

一个美丽而短暂的生命！

悲痛使我反常的平静。掩埋静静的时候，我亲自抱着她那冰冷的尸体走了很久，总也不忍把她埋进土里。静静活着的时候，我为她拍过一张彩照，不知为什么，照片上的静静头顶上有一道奇异的光环，就像神话故事里神仙头顶的灵光。这种现象，我很难解释，却预感她天资超常。她的妈妈因此请人算了一卦，说她是天上童女转世，命重，聪敏过人，不同凡俗，不是一般人家能养得大的。这虽然有些荒谬，现在却应验了，也成了邻里劝慰我弟弟和弟媳最好的说辞。

静静来到这个人世间太短暂了，短暂得仿佛只有一瞬。但那一瞬的美丽与天真留给了我一个永恒的记忆。在这个百花灿烂的三月，我小侄女静静已经化作蓬勃生机与春天融为一体……

三月去又回，我又一次经受痛失静静的悲伤！我多想忘却三月……

父亲，父亲

——父亲二十年祭

　　从光山县城往东，走三里就是那个叫下桥的地方。父亲那年8岁，正在下桥的私塾里读《三字经》《百家姓》和《弟子规》。先生只教过三遍，就要求学生背诵。如果不会背，先生就会用戒尺打学生的手心。不过父亲很少挨打，因为一般他都是能够背诵的。那天父亲正在聚精会神地听先生讲"子曰"，课堂上来了两个穿着国军军装背长枪的人，他们要带父亲走。父亲不知道是怎么回事，心里很有些害怕，毕竟是只有8岁的孩子。私塾先生也很无奈，父亲只好收拾起红布方巾，包好自己的书本，围在腰上，跟着两个当兵的稀里糊涂地走了。

这是 1944 年，也就是民国三十三年早秋的某一天。

爷爷有兄弟四人，排行第二。大爷死得早，留下一双儿女，跟着爷爷过日子。奶奶是附近三里桥陈家的长女，家庭相对比较殷实，爷爷娶了奶奶过门后，就开了一家面坊。三爷是个裁缝，四爷开了一家染坊，尽管生意做得都很小，但兄弟三人也都有了自己的营生。那年，国民党的队伍来抓壮丁，村子里的保长谢有山与两个当兵的一合计，眼睛就盯住了爷爷家中的兄弟三人和侄子共四个青壮男丁。那天谢有山和士兵一起来到爷爷的面坊，要爷爷家出一个壮丁。大爷死后，爷爷就是家中的当家人，虽然三爷、四爷那时已经分开另过了，但他既不忍心让老三老四去，也不忍心让大爷的儿子去，就只好自己去了。那年爷爷刚满 39 岁，膝下已经有了三个女儿一个儿子，奶奶还怀着身子。据说爷爷长得人高马大，体格健壮，家里家外都是一把好手。

爷爷跟着当兵的离开了下桥，奶奶带着几个子女送到了村口，泪水早已流满了脸颊。爷爷那么高大的一个汉子，眼里也噙满了泪水。离开了下桥离开了家人，走向了蜿蜒的小路。爷爷走着走着，心中实在难舍家中的妻儿，想象着战场上的死亡，既恐惧又痛苦，就一直琢磨着如何能够趁机逃跑。可是两个当兵的手里拿着枪跟在身后寸步不离，爷爷一直都没有逃跑的机会。

那天他们走到一个村落前，看看天色已晚，两个当兵的觉得晚上带着爷爷去部队很不安全，就临时找了一户农家住下。那天夜晚天气闷热，爷爷被关在一个小屋子里，为了防止逃跑，爷爷的双手被反捆着，无法安歇。爷爷虽然被捆着，但一直都在想着逃跑的办法。夜深人静的时候，爷爷开始实施自己的逃跑计划，挣脱了手上的麻绳，可是屋子的门被锁着，一有动静就会惊动睡在隔壁的两个当兵的。屋子的窗户很高很小，窗棂也很牢固，爷爷试了几次都没有成功。后来发现了门下的门槛透出微弱的亮光，就悄悄地从里面摘去门槛。可是门槛的空隙很低矮，白天里那两个当兵的检查过的，按照爷爷的身板是无论如何也爬不出去的，所以他们就放心地去隔壁睡觉了。没有想到，就是这一个低矮的门槛空隙，让爷爷成功地逃跑了。

那晚爷爷趴在地上，听听外面没有什么动静，先把头从门槛脚下挤出去，然后是身子。爷爷的身子实在是壮实，怎么也挤不出去。但是他的眼前是他的妻儿，是他的面坊，还有战火纷飞的战场。他坚韧地咬着牙，用肩顶着门，一寸一寸地往外挤。门是固定在门框里的，任凭你有多大的力气都无济于事。爷爷的肌肉卡在门缝里，骨骼"啪啪"作响，爷爷感到鲜血流满了脊背，热热的，黏糊糊的，但他没有停歇，继续一寸一寸地往外蠕动，最后是臀部的剧烈挤压与疼痛，最终还是浑身血淋淋地钻了出来，看到了天边隐隐约约的一弯月牙儿。当他刚刚跟跟跄跄、颤颤巍巍地站起来还没有来得及迈出逃跑的第一步时，隔壁房间的门开了，一个兵丁出来撒尿，就发现了夜色中铁塔一样立在地上的血肉模糊的爷爷。

爷爷跑了起来，那个兵丁叫醒了同伴儿。两个人提着枪就在后面紧紧地追赶，一边追，一边拉得枪栓"哗哗"的响。爷爷奔命地跑，当兵的狠命地追，一直追出了几里地的路程。追着追着，一条足有一丈多宽的名叫董河沟的小河挡在了眼前。爷爷已经是无路可逃了，两个当兵的也停了下来，累得双手撑在地上直喘气。爷爷稍稍犹豫了一下，助跑几步，向着董河沟就纵身一跃，跳了过去。两个当兵的在看到这一幕的那一瞬间傻眼了，他们没有想到血肉模糊的爷爷居然可以跳过那么宽的一条小河。等他们反应过来，朝着河对岸开枪的时候，爷爷已经钻进了董河沟河沿茫茫夜色下的庄稼地里不见了。那茫茫夜色下的庄稼地上正在生长着的是一片高高的秫秫。

爷爷逃跑了。为了找到爷爷，两个国民党兵丁又返回了下桥。他们原本是想守株待兔的，当进了爷爷的面坊，看到奶奶和姑姑们为爷爷的被抓都哭成了泪人儿，才知道爷爷没有回家。后来他们就想了一条毒计，就是到私塾里去抓爷爷唯一的儿子——我的父亲当"人质"。爷爷如果知道了儿子被当兵的扣了，就会自己跑过去换回儿子的。

那时，8岁的父亲走在两个兵丁的中间，听他们说着爷爷逃跑时的情景，虽然知道自己将要失去自由，幼小的心里还是很为自己的父亲自豪了一回。当兵的带着父亲在谢有山家等待爷爷的那几天里，父亲渐渐地没有了害怕，与两个军人一起吃饭一起睡觉，还每天打开红布方巾背诵几页书。就这样等了几天，也没有等到爷爷的任何消息，两个兵丁对年仅 8 岁的孩子也没有办法，只好放了父亲，走了。

国民党兵带走父亲的那段时间里，奶奶心急如焚生不如死。奶奶身材不高，裹着小脚，却要担当起面坊的生意和全部的家务。丈夫没有消息，儿子也不知去向，自己又身怀六甲，还要带着三个未成年的女儿和丈夫的侄儿侄女讨生活，其艰难困苦程度是难以想象的。

父亲被放回后的一个晚上，草屋的门被轻轻地拍响了几下，奶奶心惊胆战地端着煤油灯去拉开门闩，一个蓬头垢面、奄奄一息的男人跌了进来。那是爷爷，他在野地里躲藏了七天，蚊蝇叮咬，米水未进，高大壮实的身躯瘦得只剩下皮包骨头，双眼深陷而无神。那几天，爷爷饥肠辘辘，以生野菜为食，胸部剧烈地疼痛，实在难以忍受，趁着夜深人静时摸爬着回到了家中。爷爷跌扑在地，被奶奶和姑姑们抬到了床上后就再也没有起来。爷爷一直呼吸困难，胸部肿胀得老高。奶奶请来的当地老中医把着爷爷微弱跳动着的脉搏，看看肿胀的胸部，说爷爷是跑炸了肺。这个正值壮年的汉子顽强地坚持了三天，最后还是在极度的痛苦中撇下了自己的妻儿离开了人世。

那时开面坊是小生意，也是一项很重的体力活儿。一盘石磨，一头毛驴，就是穷人的全部家当。为了防止毛驴趁人不注意的时候偷吃磨盘上的小麦，就给毛驴蒙上眼罩儿，让毛驴无休止地一圈一圈地拉磨。小户人家的毛驴金贵，拉到一定时候就让它歇息，大多时候是爷爷自己推磨磨面，让父亲牵着毛驴去野地里放牧。爷爷一个人推着几百斤重的一盘磨，一圈、两圈、三圈，没日没夜，无休无止。看着洁白的面粉从磨道里慢慢流出，累得腰酸背疼、汗流浃背的爷爷也其乐融融无怨无悔，因为在爷爷心里有着一个和睦的大家庭和对未来生活的美好希望。

爷爷的离世对于奶奶来说简直就是塌天了。没有了走南闯北的当家男人，一群子女尚小，一个小脚女人仅靠一头毛驴是没有力量经营面坊的，面坊只好关张了。

面坊一关张，8 岁的父亲就没有钱继续上学了，开始成了家里的"大男人"和唯一劳动力。那时，大姑妈和二姑妈都还是十几岁的女孩儿，早早地就裹上了小脚，不能干田地活儿。小姑只有 3 岁，二叔作为爷爷的"遗腹子"在爷爷去世两个月后出生。一家人的生活实在难以为继，大爷的一双子女只好分开另过了，奶奶和姑妈们开始依靠着没日没夜地纺线去换点儿油盐过光景。

秋天的庄稼眼看就要收割了，家里没有劳动力怎么办呢？8 岁的父亲开始支撑起这个家。他跟着湾里的大人学习做农活，耙田犁地，割麦插秧，扬谷打场。可怜的父亲，一个8岁的孩子，小小的年纪、小小的身材，站着还没有犁把儿高，就在烈日暴晒下的开阔的田地里干着超体力的农活，看着让人心疼心酸心寒。父亲挑稻子的时候，尽管稻捆子捆得很小，毕竟是一个只有8岁的孩子，肩膀的皮肉磨出血来，也还是咬紧牙关在坚持。稻田里的水还没有放干，父亲走在上面，脚下和着泥巴，脚陷在泥里，提不起，挪不动，叫天天不应，喊地地不灵，只有一步一步地往前挪动，每一小步儿都要使出浑身的力气。收芝麻的时候，芝麻捆子很重，父亲拿起尖担挑起，又放下；挑起，再放下，还是担不动，只好把芝麻捆子再改得小一些。这样反反复复地折腾，最后还是靠坚韧、凭毅力，咬紧牙关挑完了地里的芝麻。

幼年的苦难磨炼了父亲的意志。全国解放的那一年，父亲在繁重的劳动中已经成长为一个13岁的少年。父亲很聪明，看见什么就学习什么，木匠、泥瓦匠、农具修理、织网、简单机械修理等，各种活计对于他都不是难题，样样拿得起放得下，有模有样，俨然一个老把式、老师傅。后来，从"互助组"到"合作社"，父亲作为农村少有的"文化人"，会写会算，特别是珠算，算盘玩得快速而准确，且思路清晰，口才极好，直接参与了解放初期的农村基层组织建设。那时，父亲虽然贫苦，却一身朝气，对新中国新社会的建设热情十分高涨。

父亲最早是到大队里的副业厂工作。副业厂设在大队部的旁边，说是副业，其实主要设备是简单的一台打米机、一台打面机和一台棉花轧花机，就是干一些打米打面和棉籽脱粒的活计。那时，全大队就一家副业厂，一天到晚地忙碌，常常加班加点到深夜。轧花的时候双手是要不停地将棉花送进轧花机里的。那天，父亲确实很累很困，恍恍惚惚地站在轧花机旁一阵晕眩，一只手就与棉花一起塞进了轧花机里，他的一节中指就与棉籽一起被剥离出去。父亲当时还没有感觉，后来的剧痛让他大喊一声就晕过去了。

断了一节手指的父亲后来担任大队团支部书记，再后来又担任了农村信用合作社的会计，加入了党的预备组织。

1962 年以后，父亲如很多基层干部一样又做回了一个纯粹的农民。但不管在哪里，父亲都很喜欢读书，书籍、报纸，凡是有文字的一样也不落下。在我的记忆里，农活再忙，只要有一丁点儿时间，父亲就会拿起书来读。在大集体的那些岁月里，农民一年到头也没有可以休息的时间。除非遇上了大雨天，父亲才会打开他的那个神秘的黑木箱，从里面挑拣出一本书来，搬一把椅子坐在门前看书，然后百事不问，家务全留给母亲一人，自己只沉浸在书里。那时煤油奇缺，父亲很多时候还常常在煤油灯下读书给奶奶和母亲听，我们兄妹几人也围坐在父亲身边，被书里的故事所吸引。那时我家的书很多，大多是古典小说《三国演义》《西游记》《红楼梦》《水浒传》《隋唐演义》《薛仁贵征东》《五女兴唐传》《三侠五义》等，还有戏曲《站花墙》《天仙配》《梁山伯与祝英台》等。经常有一些邻村的读书人前来讨借，父亲总是要他们写下借条，并约定送还时间。我们兄弟姐妹上学读书后，凡是遇到不认识的字或者不会做的算术题都最爱向父亲请教，在我们心目中好像就没有父亲不懂不会的事情。我们从小长到大都是不敢动父亲的黑木箱的，最向往的时候也只能在父亲开箱取书时悄悄地伸过头去偷窥一眼，看到箱里有几排摆放整齐的线装书籍，还有一只精巧的小红木盒，那更是让我们感到神秘的物品。

那个黑木箱应该是父亲在信用社做会计时留下的唯一纪念品。

生产小队里兴集体副业的那几年，由父亲领衔，召集了几个年轻力壮的农民办起了一个挂面店。卖挂面换得的钱就留在了生产队里，用于购买耕牛或者置办农机具等。挂面店就设在生产队的会议室里，一方小院，两面都有住户，南面一道矮矮的围墙，日照很好。

做挂面是一件很辛苦的活计，每天晚上开始和面。在一口口径一米左右的大盆里放入面粉，根据不同季节按面粉的重量比例再放入食盐，用水和好，然后把和好的面倒扣在一个大方桌上，这叫饧面。放上半小时左右的时间，就开始用一个瓷盘子沿外圆呈螺旋状旋转着一圈连着一圈地切开，在桌子上撒上面酸，用手搓成圆条，再沿盆底由内向外一圈一圈地盘在盆里，盘上一层就用刷子刷上一层香油，这叫盘条。

第二天凌晨三四点的时候就要起床"上筷子"，也叫"打小架"。就是在板凳的一端开一个口子，装上一个"虎头"，"虎头"上有两个孔，插上两根挂面筷子，然后将面盆抱到板凳上，做挂面的人就坐在板凳上用腹部抵住面盆，把面条用手搓细，快速地交叉着绕在挂面筷子上，然后将挂面筷子再放到用土坯垒好的挂面厢里绑定的等距离的竹竿上，等到早上太阳出来的时候就可以"出架，了。

"出架，是将挂面厢里已经放了几个小时的小架挂面拿出来，挂在放在院中的大挂面架上。把两根挂面筷子的任意一端插在挂面枋上的圆孔里，另一端用手均匀地向下拉扯，越拉越细，越拉越长。拉扯的技巧就是用力均匀，根据挂面的筋度，试着有弹力地下拉，拉拉停停，几副筷子依次交替进行，最后将下端插进与上端对应的圆孔里，等待着挂面干爽后就可以"收架，了。满满一院子几架挂面在阳光下白生生的，煞是好看。那些挂面一挂一挂地收，需要较长的时间。天气的好坏对挂面质量的影响很大，太阳好，有微风，是最好的天气。风大了，干爽后的挂面容易被吹断，要是赶上天气突变，刮风下雨，那"一桌"的挂面就要"丢，了，社员们就拿着脸盆或者簸箕去挂面店里分"面头"了。

特别是冬季，做挂面的难度就更大，做挂面的人也更辛苦，白天日照时间短，又寒天冷冻的，起五更睡半夜，冷水和面，刺骨难忍，父亲是很受苦遭罪的。整个冬天，父亲的手指都是皲裂的，裂痕很深，像小孩儿的嘴。父亲只是用胶布缠上，常常疼得咬着牙唏嘘几声。因为手指长期皲裂，有时胶布与干焦的皮肉不相粘，父亲就用火把明胶烤化填在裂口里，再缠上胶布去和面，那种疼痛是一般人难以承受的。

农村实行联产承包责任制后，父亲又捡起了做挂面的手艺。为全家人的生计，父亲一年四季地忙碌着。他经常对我们说："做挂面虽然辛苦，但能换回小麦磨面，既可以换些油盐钱，也能一年四季有面吃，农家的小日子就活便多了。"他让我们兄弟三人学习这门手艺，可是没有一人愿意，我们都说，就是饿死，也不学这个受罪的手艺。

父亲一生盖了四次房子。第一次盖房子是20世纪60年代初期，那时在湾西头儿的三间祖屋已经不能住人了（我就降生在已经扒去了一半的漏雨露日头的只有半边房顶的房子里），父亲就把四间茅草新房盖在湾中间与三爷的两间小房子相邻的水塘边上。第二次盖房子是二叔成家后家里人口多了住不下了，父亲就把房子给了二叔，自己去湾的东头儿盖起了三间土墙瓦顶的房子。第三次盖房子时是20世纪70年代末期，那时我十五六岁的年纪，至今记忆犹新。父亲在房子的原址上拆旧翻新，自己切土坯请人盖房，举全家之力盖起了当时在十里八村最敞亮的四间红砖砌筑两米墙基的带水泥立柱的大走廊房子，之后还靠父亲一人之力断断续续盖起了三间偏房，前后七间房屋的土坯都是父亲用架子车一块一块搬运的。那时，我和姐姐虽是小帮手，但一得空闲我们就会耍滑偷懒，早晚时间都是父亲一人在辛苦劳作。父亲为了盖房，起五更睡半夜。那时，他还患有严重肩周炎，常常半夜里疼痛难忍睡不着，起床在新砌的屋圈子里来回走动，甩动手臂，想减轻疼痛。父亲实在忍不住了就会痛苦地叫几声，我常常在半夜里被父亲凄惨的叫声惊醒。那时我心中就会很难受，但也爱莫能助，不知道如何是好。第四次盖房是在20世纪80年代初期，因为家里人口多住不下，依然是依靠父亲的力量在湾的最东边儿又盖起了三间石头垒基的土坯房。每一次盖房对于父亲来说都是伤筋动骨的。父亲常说："盖屋打拳，昼夜不眠。"农民最吃苦的事儿就是盖房子，所以吃点苦是很正常的。

父亲膝下七个子女（五男两女），第二个儿子和第五个儿子因为疾病早年夭折。因为父亲是一个有主见、有文化的农民，非常重视子女的学习和教育，直到我高中毕业参加工作后还全力支持我去考取并读完大学，姐姐也受过高中教育。那年月，父亲就是靠大集体时给生产队打更和联产责任制后昼夜忙碌做挂面维持一家人的生活的。那时，我们姐弟兄妹在工作上、学习上有什么问题都要回去向父亲请教，大事小事都想和父亲聊聊，听听父亲的意见，父亲的人生经验和智慧令我们姐弟兄妹五人望其项背。在我心里，父亲就是一座山，是一座永远屹立在我身后的可以依靠的大山。

父亲是威严的，尤其是对于我们的学习和劳动，要求一直很严格。记得我上初中的时候还因为在课堂上看小说被老师家访时告发而挨打。我们兄弟姐妹对父亲是既爱戴又害怕，觉得父亲目光犀利，不言自威，可以随时透视我们的心灵。我们做了错事也从来不敢对父亲说一句谎话，任凭父亲责罚。

父亲是善良的，对家人慈爱有加。做挂面很辛苦，父亲一般是不让我们插手的。每次去城里上街赶集卖完挂面，父亲临回时总是要带些油条、烧饼等吃的，让我们先敬奶奶，然后大家分着吃，但就是没有他自己的。我们送给他吃，父亲总是说他在城里吃过了。

父亲一生勤俭，舍不得花钱，那年月也没有多少钱，靠省吃俭用，靠辛勤劳动积攒下了一点儿全家人生活的钱财。父亲除了在劳累之后喜欢喝点小酒，是从来不为自己花钱的。父亲是从饥不果腹的岁月走过来的，对粮食有着特殊的情感。农村联产责任制后，家里囤积了很多的粮食，父亲常说，家中有粮，心中不慌。

父亲对邻居也是很关爱的。只要邻里谁家有什么困难，他总是乐于帮助，施以援手。谁家房子漏雨了，他会去帮助修葺。

谁家有了病人，他会帮助请医生或者送医院，谁家有了经济难处，他都会把自己从牙缝里省下来的钱毫不吝啬地借给人家。

父亲爱憎分明，疾恶如仇。在那个年代，对大队和生产小队的一些不合理的事情敢于抵制、敢于斗争，敢于为民请命，在村里有着很高的威望。

1991年，正是我与人合著的第一部电视连续剧《壮骨雄魂》在中央电视台第一套节目播出后的那年冬天，奶奶去世。这是我长大成人后第一位亲人过世，心里很悲痛。奶奶一生很不容易，爷爷死后，老人家一直守寡，艰难地把五个子女拉扯大了，直到孙男孙女成家，见到重孙子重孙女满地，86岁寿终正寝。当年在父亲的帮助和支撑下，大姑妈二姑妈和小姑出嫁，父亲和二叔的婚娶以及爷爷的侄女侄子的嫁娶也都是她老人家一手承领操办的。

我进城后，一直劝父亲不要做挂面了，不要种田地了，他总是说等你混好了就不种田不做挂面了。我觉得父亲有文化又精明，在街上摆摊儿卖菜也比在农村好过。1993年年底，我进入县里的一个教育管理机构工作，分得了两间门面房和一间厨房，就计划让父亲在我的门前摆一个摊点，做点儿小生意。可是就在第二年春夏之间，父亲却也离我而去。

那年的清明时节，父亲下完秧后，尚有几天农闲的时间，就去大姑妈家走走，与老姐姐说说话。之前，二姑妈和小姑因为癌症已经相继去世，老兄弟姊妹五人也就剩下父亲、二叔和大姑妈三个了。父亲那天从姑妈家回来后就开始呕吐，吐出的是酱油一样颜色的液状物。二叔拉着架子车把他送到县医院进行检查，做了胃镜，发现有胃潴留，诊断是十二指肠溃疡，可是住院半个多月也没有疗效。后来我去找医生再做检查，说是需要做手术切除。父亲不愿意做手术，我就苦苦劝说，十二指肠溃疡是一个小手术，相信医生会治疗好的。可是等医生打开腹腔，却发现是胰头癌（胰腺癌），由于癌细胞已经扩散，胰腺已经与肠子粘在了一起无法切除，只好把肠子改道，又缝合了起来。

可恨庸医误命！住院半个多月，做了多次胃镜、B超等检查，居然把胰腺癌误诊误治为十二指肠溃疡！

父亲的生命已经无可挽回。医生说，最多维持两个月。父亲出院后，我们向他隐瞒了病情，说是做了手术很快就会好起来的。父亲很高兴，笑容满脸地对我说"等我好了，就真的不种田不做挂面了，去你那里做小生意去。"听了父亲的话，我别过脸走出去，任泪水在脸上恣意横流。那时，我千方百计地弄些好东西给父亲吃，其实再好吃的东西对于父亲已经是了无意义，到了后期，他吃什么吐什么，一钵一钵酱油样的黑水被我端出去倒掉。到了五月端阳节，弟弟从洛阳赶回来，我们兄弟姐妹五人提前十天给父亲过了最后一个生日。五月十五日，父亲在极度疼痛中呻吟，那么坚强的一个汉子再也咬不住牙关，在癌细胞的残酷撕咬中走完了他短暂的一生。

那一天正是父亲的 58 岁生日，也成了父亲的祭日。

父亲去世后，四邻八村的人前来吊唁，沉痛悼念，纷纷怀念痛失这位在当地最为明理、最有威望的故人。

父亲走后，我亲手打开了他一生珍爱的黑木箱。木箱里整齐地摆放着几摞线装书籍（后来都装进了父亲的棺材里），一个精致的小红漆木盒，木盒里是几张票据、几块零钱，还有一方父亲的印章……

转眼二十年了，父亲已经离开我二十年了。二十年来，我的工作几经调整、变动，无所作为却也忙忙碌碌，一直想为父亲写一点文字，却总不能够。二十年来，我随时可以问计于父的人走了，身后那座可以依靠的大山不在了，有时就没有了方向感。父亲一去二十年，但是父爱的感觉还在，父亲的音容笑貌还常常在我的心头萦绕，我还能清晰地感觉到真真切切的父爱。

父亲，父亲，我常常在心中呼唤您，感到自己在您活着的时候没有尽到一个做人子的敬老孝心。时时想起，每有愧疚。

第六辑

美文赏读

一首清新放浪、余味腴厚的春光曲

——朱自清的散文《春》赏析

　　朱自清是我国现代文学史上散文创作的巨匠，他的散文以其清新、朴实、优美、细腻的特色而著称于世。朱自清的名字跟他的很多散文名篇融为一体，密不可分。提起《桨声灯影里的秦淮河》《背影》《荷塘月色》等，人们马上会联想起这位散文大家。这里，我绕过这些名篇，就他早期的优秀作品《春》粗作浅析，与诸君共赏。

　　春，似乎是文学作品中的一个永恒的命题。自古以来，写春的文章很多，而朱自清的这篇不满千字的散文以其新颖精巧的构思、优美和谐的情调向读者活灵活现地刻画了春天的踪迹，宣泄了无尽的春意，让你仿佛置身于广袤空旷的原野，那清新放浪的早春气息扑面而来，温馨轻柔、沁人心脾，给你悠悠不尽的美的享受……

《春》不是就春写春，而是贵在构思精巧，意境和谐，韵味隽永，独具一格。散文从孩子的心灵出发，以孩子的视角观察春天，把自然界的春天与人类生命的春天融汇一起，使文章充满着浓郁的诗情画意，呈现出盎然的早春生机，散发着醉人的生活芳香。

"盼望着，盼望着，东风来了，春天的脚步近了。"文章一开头，即模仿孩子的口吻欢呼春天的来临，仿佛一群天真烂漫的少年终于盼来了春天，迎着春姑娘的降临，激动着，跳跃着，喜悦之情，溢于言表。"一切都像刚睡醒的样子，欣欣然张开了眼。"这里，文章采用拟人手法和优美形象的语言，为我们勾勒出了一幅春光明媚的画图。写草木生绿，他不写绿色，却说"山朗润起来了"；写春雨淅沥，他不写雨景，却说"水涨起来了"；写春晖暖人，他不写阳光，却说"太阳的脸红起来了"。让你先闻其声，后见其形，活脱脱一派婀娜多姿的早春景象。

接着，作者以含蓄凝练的笔墨、清隽生动的白描，不着一个"春"字，而通过小草、花树、风雨，形象地描绘了早春的情态，使浓郁无尽的春意夺纸而出。

"春天的脚步近了"，小草是春天的"先知者"，它"偷偷从土里钻出来，嫩嫩的，绿绿的"。一个"钻"字，传神地表述了它的生命力的旺盛。"嫩嫩的，绿绿的"，不仅写了它的颜色可爱，也写出了它的润泽欲滴。这里，作为生物的小草已饱含了勃然的生机和情态。然而，作者并不满足，他又把笔触伸到少年雀跃于草地上的景象：他们喜欢春天，也喜欢嫩绿柔软的草地，在上面"坐着，躺着，打两个滚，踢几脚球，赛几趟跑，捉几回迷藏"，动静相映，妙不可言。

花是春天的象征。百花争艳，姹紫嫣红，是春天独具的景色。作者从百花丛中选择了人们最熟识的桃、杏、梨来概括繁花似锦的春色，也是颇有匠心的。"红的像火，粉的像霞，白的像雪""带着甜味"写出了花的色和味；"你不让我，我不让你""赶趟儿"写出了花的密和"闹"；"散在草丛里，像眼睛，像星星，还眨呀眨的"写出了花的神和情。桃花、杏花、梨花，相映成趣，多姿多态，栩栩诱人。作者通过缜密的观察，抓住了客观景物的情态和特点，委婉细腻地描摹其神采风韵。百花怒放、芳香扑鼻，作者不说"香"，却说"带着甜味"，语言入神，细细品味，令人拍案称奇。花香招引来蜂蝶，蜜蜂是"嗡嗡地闹着"，蝴蝶是"飞来飞去"，情态逼真，各具特征，创造出了一幅秀丽、妩媚的迎春风景画，给人俊逸、隽永、充满诗意的特殊感受。

由小草、花树又及风及雨，作者很巧妙地用"沾衣欲湿杏花雨，吹面不寒杨柳风"的末一句，开始描绘春风。这句诗用于此处，恰似信手拈来，自然天成。杨柳发绿时候的春风，吹到脸上不觉得寒冷。但文章并不到此为止，还进一步写出"杨柳风"的可亲，"像母亲的手抚摸着你"，"抚摸"一词贴切地表达了春风的柔和与温暖，让人觉得温煦而舒坦。朱自清不仅写了春风的温柔可亲，还以特有的工细手笔，结合着花香、鸟语、人欢，进一步写出了春风的特色。因为受惠于春风，"青草味儿""各种花的香""在微微润湿的空气里酝酿"，散发着浓郁醉人的芬芳。从"花香"很自然地带出鸟语、人欢。鸟儿"唱出宛转的曲子"，牧童的短笛"也成天在嘹亮地响"，这一切音响"与轻风流水应和着"，组成一曲迎春交响乐。在宁静的氛围中，翻腾着青春的活力。文章的意境也由此深入一层。

　　如果说朱自清对小草、花树、风雨和春风的描写已显示了他的构思别致、匠心独运，那么，他对春雨的描写更加充分地表现出了他思维精巧、出神入化的艺术功力。作者为做一番形象的比喻，他用"可别恼"三个字来对你悄悄地诉说其可爱之处。春雨的"形""像牛毛，像花针，像细丝，密密地斜织着"。牛毛形容雨丝的紧密，花针形容雨丝的透亮，细丝形容雨丝的细长。三个比喻词各有侧重地写出春雨的特色。雨落在房顶上，"全笼着一层薄烟"，水汽蒸蒸，反衬出了雨丝的紧密和飘忽。作者又是怎样写春雨漾漾中的"色"呢？树叶儿"绿得发亮"，小草儿"也青得逼你的眼"，雨催叶发，生机盎然。再写雨中的情调。雨中的景物和行人都展现出一片"和平"与"静默"的气氛。傍晚"黄晕"的灯光，路上"撑起伞慢慢走着的人"，地里披蓑戴笠的农民以及稀稀疏疏的房屋，无不处在这种气氛中。春雨是有声的，而有声也仍然无碍安静！那是细密的春雨，是傍晚时分润泽万物的春雨。作者将自然美升华为生活的诗意，写景融情，情景相生，形似神似，浑然一体，让你真正进入"神与物游"的美好境界。

"天上风筝渐渐多了，地上孩子也多了。"风筝，是春天的信号，天上人间，春去春又回，春意最先带到了最敏感的孩子身上，接着"城里乡下，家家户户，老老小小"，"他们也赶趟儿似的，一个个都出来了"，个个精神抖擞，筋骨舒活，到处是一片欢乐、繁忙的景象。春天来了，春给人们带来了"工夫"，也带来了"希望"。作者与春俱来的喜悦之情寓于景、溢于辞，跃然纸上，创造出一种深邃和谐的意境，启迪人们的思想，陶冶人们的心灵。

文章结尾，朱自清用饱蘸感情色彩的柔毫，歌颂了春天的美好。一连三个排比句，首句用"刚落地的娃娃"比喻春天旺盛的生命力，是何等的贴切；第二句用"花枝招展"的"小姑娘"比喻春天的娇美和前景，是何等的形象；第三句用"健壮的少年"比喻春天的无穷活力，又是何等的恰当。从娃娃到小姑娘，再到青年，点明了春的脚步越走越近的进程。作者以"领着我们上前去"结句，点明对光明未来的向往。

《春》这篇散文作品，通篇如行云流水，一气呵成，笔酣墨饱，不枝不蔓，文字清丽凝练，意味隽永深长。人们阅读这篇作品，如细嚼橄榄，齿有余甘，口舌生津，似聆听春光曲，清新放浪，余味腴厚，闪耀着经久不泯的艺术光芒。

附：

春

朱自清

盼望着，盼望着，东风来了，春天的脚步近了。

一切都像刚睡醒的样子，欣欣然张开了眼。山朗润起来了，水涨起来了，太阳的脸红起来了。

小草偷偷地从土里钻出来，嫩嫩的，绿绿的。园子里，田野里，瞧去，一大片一大片满是的。坐着，躺着，打两个滚，踢几脚球，赛几趟跑，捉几回迷藏。风轻悄悄的，草软绵绵的。

桃树、杏树、梨树，你不让我，我不让你，都开满了花赶趟儿。红的像火，粉的像霞，白的像雪。花里带着甜味；闭了眼，树上仿佛已经满是桃儿、杏儿、梨儿！花下成千成百的蜜蜂嗡嗡地闹着，大小的蝴蝶飞来飞去。野花遍地是：杂样儿，有名字的，没名字的，散在草丛里，像眼睛，像星星，还眨呀眨的。

"吹面不寒杨柳风"不错的，像母亲的手抚摸着你，风里带着些新翻的泥土的气息，混着青草味儿，还有各种花的香，都在微微润湿的空气里酝酿。鸟儿将窠巢安在繁花嫩叶当中，高兴起来，呼朋引伴地卖弄清脆的喉咙，唱出宛转的曲子，与轻风流水应和着。牛背上牧童的短笛，这时候也成天再嘹亮地响。

雨是最寻常的，一下就是三两天。可别恼。看，像牛毛，像花针，像细丝，密密地斜织着，人家屋顶上全笼着一层薄烟。树叶却绿得发亮，小草也青得逼你的眼。傍晚时候，上灯了，一点点黄晕的光，烘托出一片安静而和平的夜。乡下去，小路上，石桥边，撑起伞慢慢走着的人；还有地里工作的农夫，披着蓑，戴着笠的。他们的草屋，稀稀疏疏的在雨里静默着。

天上风筝渐渐多了，地上孩子也多了。城里乡下，家家户户，老老小小，他们也赶趟儿似的，一个个都出来了。舒活舒活筋骨，抖擞抖擞精神，各做各的一份事去。"一年之计在于春"，刚起头儿，有的是工夫，有的是希望。

春天像刚落地的娃娃，从头到脚都是新的，它生长着。

春天像小姑娘，花枝招展的，笑着，走着。

春天像健壮的青年，有铁一般的胳膊和腰脚，领着我们上前去。

缜密的思维　闪光的智慧
——品读《做新时代的砸缸人》

　　读了柴明贵《做新时代的砸缸人》（原载《魅力信阳》2008 年第 1 期）一文，感到写得非常精彩，读后犹如食过橄榄唇齿留香，回味无穷。文章由"司马光砸缸"这一妇孺皆知的故事说开去，同时联系光山县当前工作实际，从七个方面分析论述了"砸缸"这一故事中司马光所表现出来的智慧与果敢。启示读者，也为如何处理和解决光山县当前工作中的一些矛盾与问题指出了基本思路和方法。

　　司马光是光山最大的人文优势和宝贵的文化资源，是一笔巨大的精神"宝矿""富矿"。柴明贵同志一到光山工作，就敏锐地发现了光山县的发展潜力和发展优势所在，以压抑不住的兴奋和饱蘸激情的笔墨抒写了这篇脍炙人口的文章。全文近六千字，通篇没有闲言碎语，没有拖沓铺张，干脆利落，张弛得体，具有很强的针对性和说服力。

首先，这是一篇逻辑严密、构思巧妙的文章。"司马光砸缸"的故事之所以被"京洛间画以为图"广为传诵，近千年来也一直作为少年启智教育的经典故事，是因为这一看似简单的问题，其中蕴含着深刻的道理。作者由司马光砸缸的故事切入主题，由故事中司马光的成功表现联系到我们工作的实际，从破除旧观念，促进思维创新的角度谈工作，谈思想，站在较高的层面俯视和把握工作中具有全局性的问题。从司马光"另辟蹊径，逆向思维，用砸缸的办法使'人离开水'而救人成功，指出在处理复杂棘手的问题时"不能因循守旧、按部就班，用传统的思维模式、单一的思维模式来思考问题"。从司马光看见小伙伴遇险却没有像别的孩子那样"众皆弃去"，而是"持石击之"，指出"看准的事情，就要大胆地试，大胆地闯，绝不能左顾右盼、瞻前顾后，让机遇在无谓的争论中丧失，让发展在犹豫不决中停滞"。

其次，这是一篇语言简练、文笔清新的文章。文章要表达的事情很多，而在七个方面的论述中，每个问题又都是仅用一个字就做了概括，可谓总结精辟，精练至极。在思想上强调的

是"新"字；在意识上树立的是"敢"字；在作风上突出的是
"干"字；在发展上力求的是"快"字；在环境上打造的是"优"
字；在决策上体现的是"度"字；在宣传上强调的是"大"字。
语言简练，文笔清新，定位准确，恰到好处，既让读者看到了
作者的工作思考方向，又彰显作者对文字的驾驭能力和对事物
的敏锐洞察力。

　　最后，这是一篇选题新颖、独具匠心的文章。作者基于对
当前工作和形势的一番考虑，选取了宋代时发生在光山县的"司
马光砸缸"的故事作为题材，用一个小故事说出了很多深刻的
大道理，以小喻大，举一反三，启迪了我们的思维。这一新颖
的选题，既是全县人民"身边"耳熟能详的活教材，有着很强
的现实意义和教育作用，同时也在为打造光山县的"品牌"，
大力宣传"智慧之乡"造势。"进而深度开发以司马光为代表
的人文文化资源"，显示了作者高超的领导艺术水平和匠心独
运的写作技巧。

　　另外，在写作的特色上，文章先由故事引出话题，然后直
言问题，指明症状，再对症下药。文章列举了我们在思想等七个
方面存在的诸多问题，然后联系工作实际，强调转变观念，明
确创新思路对解决矛盾和问题的重要作用。思维缜密，脉络清晰，
说理有力，别具慧眼，表现手法非常高明而巧妙。

　　文章的另一特色是立足点高，定位准确。文章虽然是围绕

"砸缸"而写，但作者又不是只写"砸缸"，而是从正反两方面加以分析论述，始终以立足解决实际工作中的具体问题为出发点。

文章还有一个特色是修辞手法老到，全文多用排比与对偶句，语汇丰富，颇有文采。作者写此文时用意真挚，语势委婉，笔义曲折。这篇文章虽然写的是工作，但对做人做事也有重要的指导意义。如文章提出的"光山人"意识、"诚信"意识等，每个光山人其实都是光山的发展环境。

"泰山不让土壤，故能成其大；河海不择细浪，故能就其深。"这是一篇政论文，但是它闪烁着文学的光辉，有着丰富的思想内涵，不论是为政，还是做事做人，对我们都是不可不学的一篇好文章。

读了这篇文章，给我的启示是：我们要抱着学习的态度，将工作中的每个任务都视为一个新的开始、一段新的体验、一扇通往成功的机会之门。它不仅启示了我们的思维，也掀起了我们久违的事业热情。在这个浮躁的时代，我们更需要用热情重燃工作的激情，来一次触动心底的反思。

毋庸置疑，《做新时代的砸缸人》不仅为我们提供了一条正确的思维原则，也为领导者转变并养成优良的思想作风指明了方向；不仅教给我们学习方法，而且也教会我们工作方法，更重要的是它能够帮助很多光山人转变思想观念，为我们建设魅力光山、打造豫南温州指明了前进的方向，汲取了前进的动力。应该说，文章已跨越时空，深入很多读者的心灵深处。因为这篇文章带来的不仅仅是思想上、观念上的创新，更是一种理想的召唤。在此，我不想解释和评论什么，也没有能力进行旁征博引的论述，但我的信心来自对《做新时代的砸缸人》这篇文章的阅读和体悟。

"风物长宜放眼量。"在我们的工作和生活中，我感到最有力量的东西，莫过于文章了。一本好书或一篇好文章能改变人的一生，让一个人从彷徨走向成功，从忧伤走向快乐，从灰心失意走向奋发图强。《做新时代的砸缸人》就是这样一篇好文章。也许我还没有完全读懂，但已给了我很大的感悟。

附：

做新时代的砸缸人

中共光山县委书记　柴明贵

赴"两江"学习考察后，沿海发达勇于改革的创新理念、永无止境的发展追求、求真务实的实干精神、兼容并蓄的开放意识给我留下了极为深刻的印象。"两江"地区率先崛起、跨越发展的过程，其实就是一个不断解放思想的过程、一个不断改革创新的过程，他们靠改革增添动力，靠创新激发活力，最终汇聚成推动经济社会发展的强大生产力，从而在全国形成领跑局面。

"两江"考察期间以及回来后，"司马光砸缸"的故事时时在我脑海中浮现。缸本身是一种盛东西的器物，在人们的生产生活中发挥着不可或缺的作用。但是，根据条件的变化，其原有功能就可能丧失，甚至会起到阻碍作用、破坏作用，变成无用之缸、有害之缸。司马光家中的一口大缸，本是用来盛水供家庭生活所需，但当一小孩不慎掉到盛满水的缸里时，这口缸就危及一个小孩的生命，司马光义无反顾，毅然砸掉，使落水小孩获得了新生。司马光砸缸给我们的启示就是，在思想上要破除按部就班、因循守旧的观念，强调一个"新"字；在意识上要克服稳字当头、怕担风险的观念，树立一个"敢"字；在作风上要克服推诿扯皮、人浮于事的现象，突出一个"干"字；在发展上要克服小富即安、小进即满的观念，力求一个"快"字；在环境上要破除盲目排外、见利忘义的观念，打造一个"优"字；在决策上要克服主次不分、患得患失的观念，把握一个"度"字；在宣传上要克服坐井观天、孤芳自赏的观念，推崇一个"大"字。这七个字集中到一点就是解放思想，这些也正是"两江"地区率先发展的经验所在。可以说，"两江"地区发展的过程实质上就是一个不断解放思想的过程，就是一个不断"砸缸"的过程。

他们以敢于砸缸的胆识、勇于砸缸的实践、善于砸缸的方法，砸掉束缚之缸、障碍之缸、无用之缸、有害之缸，最终砸出了精神、砸出了文化、砸出了发展。

加快光山发展，就必须学习"两江"人吃苦耐劳、艰苦创业、敢为人先、敢于冒险、百折不挠、锲而不舍、永不满足、追求卓越的精神，继续解放思想。借"两江"之"锤"，兴"砸缸"之举，求"砸缸"之实，做新时代的砸缸人，把阻碍光山发展的思想禁锢之"缸"、环境障碍之"缸"、形象陈旧之"缸"、效能低下之"缸"、瓶颈束缚之"缸"等统统砸掉，砸出一片新天地、砸出一幅新景象、砸出环境大优化、砸出光山大发展。

一要砸掉思想禁锢之缸，树立发展意识。思想禁锢的表现是用旧观念看待新事物，用老办法解决新问题。思想禁锢的原因主要有以下几个方面：一是不敢破。主要是"怕"，怕出毛病、怕犯错误、怕上级责怪，归结到一点，就是顾忌个人的名利得失。二是不想破。主要是有与己无关的思想，对自己来说，总是感到老路子好走、老框框好用、老办法好使，不思进取、思想懒惰。三是不会破。思想不够敏锐、思想不够开阔、思考不够深入、思辨缺乏功力，不知道从哪里着手。特别是面对改革开放过程中出现的新情况新问题，不懂得通过科学发展观来解决发展过程中的矛盾，不善于通过深化改革、市场运作来破解难题，而是简单地评论是非，甚至质疑改革。四是胡乱破。主要是把出"新花样"当作破除思想禁锢，把胡思乱想、乱发议论当作解放思想，什么话都敢说，什么流言都敢传，什么问题都敢评论，甚至于搞歪门邪道、闯"红灯"。破除思想禁锢，要求我们以发展的理念、发展的意识、发展的眼光，解放思想，实事求是，与时俱进，客观公正地看待周围事物，改变主观方面的不适应，破除客观方面的不符合，用新思维看待新事物，用新理念打造新标准，用新机制解决新问题。在实践中，要坚持不懈地更新思想观念，破除和摒弃思想中封建的、陈腐的、落后的、庸俗的、自私的、片面的东西，在更高层次、更深程度、更广领域上解放思想，把观念的更新体现在行动上、落实到工作上；要因时因事地调整思维方式，彻底改变思考问题、对待工作上的头脑简单、思维错乱、过敏复杂等，自觉主动地将思维方式调整到促进工作、顺应潮流、推动进步上来，调整到适应建设魅力光山、打造豫南温州的发展步伐上来；要全面深入地树立科学发展理念，把又好又快发展、协调发展、持续发展、以人为本发展等科学发展理念贯穿于经济社会发展始终。

二要砸掉环境障碍之缸，树立服务意识。环境问题本质就是发展问题。良好的环境具有"洼地"效应，这一点在"两江"地区尤为明显。环境越好，企业和客商就会越满意，经济发展步伐就会越来越快。可以说，新一轮发展的竞争关键是环境的竞争。近几年来，通过全县上下的共同努力，光山县的发展环境有了明显改善，客商认可度大为提高，"环境就是生产力、人人都是发展环境"的观念在全县初步确立。但存在的问题也不容忽视，服务意识差、"三乱"现象屡禁不止是外在表现，有令不行、有禁不止是最直接原因。在加快光山发展中，我们每个光山人都要争做优化环境的参与者，而不要成为旁观者；要成为光山发展的运动员，而不要成为发展的评论员；要成为发展的清障者，千万不能成为设障者。"两江"考察和全市县域经济工作会议结束后，全县各级各部门对投资发展环境的重要性有了更全面的理解和更高的认识。县委、县政府因势利导，及时召开了"学习先进找差距、创优环境大发展"动员大会，相关职能部门面向社会做出了服务和办事的公开承诺，分部门、分层次组织了针对性的学习对接活动，出台了具体措施和优惠办法，把优化环境作为经济发展的第一保障，着力营造设施齐全功能完善的基础环境、成熟规范便捷高效的服务环境、宽松灵活公开透明的政策环境、人尽其才活力迸发的创业环境、保障有力规范有序的法制环境、开明开放健康文明的人文环境。在新一轮解放思想大讨论中，我们将深化放大"两江"考察成果和学习先进找差距、创优环境大发展活动成果，进一步制定完善优化环境各项措施，落实各项优惠政策，努力把光山打造成投资的宝地、聚财的洼地、发展的高地和创业者的乐园。

三要砸掉形象陈旧之缸，树立开放意识。形象陈旧的表现是故步自封、保守排外。就光山县而言，突出表现在创业创优与招商引资上。在创业创优方面，部分干部自我满足感强，把标准定位在"不落后就行"；部分群众不愿跨出家门、走向社会，到广阔的市场上去搏击，总认为"我不富，但我不苦"。在招商引资方面，部分干部群众存在着两种误区，即"无用论"和"无为论"。"无用论"认为招商引资是吃力不讨好，引进就是吃大亏，漠不关心，甚至不爱护光山、不维护光山的形象；"无为论"认为我们条件差、机遇少、优势缺、招商难，陷入消极，缺乏主动，把招商引资的效果简单地与各种硬件设施、自然资源、科技水平联系挂钩、等同对待，出现了"一叶障目、不见森林"的问题。当今的社会是一个资源共享、互惠互利、共同发展的社会，越是发达的地区越是加强合作和扩大开放。光山经济有一个明显的特点就是"光山人经济"，在充分说明光山经济内生活力足的同时，也暴露了光山经济外向度不高的问题。要加快光山发展，在自力更生、艰苦创业的同时，必须牢固树立"开放度有多大，发展就有多大"的理论，跳出光山看光山，立足当前看长远，站在全局和战略的高度，把光山的发展融入国内国际的市场中，再去运筹、去把握、去谋划，以开放促改革、促发展、带全局。要强力实施开放带动主战略，坚定不移地把开放贯穿到经济社会发展各项部署中去，向开放要资源、要市场、要活力、要动力，尤其是要紧紧抓住国际国内产业转移的重大机遇，在大项目建设、引进国内外战略投资者等方面有大思路大举措大突破，把发达地区的知识、技术、管理、资本和人才吸纳到光山，带动光山产业结构的优化升级和经济发展水平的整体提升，促使光山在新一轮加快发展中抢占先机。

四要砸掉效能低下之缸，树立改革意识。"两江"地区的办事效率非常之高，雷厉风行、立说立办，并有健全的规章制度来保证。相比之下我们的极少数部门和干部，养成了"凡事讲条件、讲困难，事情做到哪一步算哪一步，嘴上答应但看不到实际行动"的衙门习气，能当即办理的事项拖着办，不合口味的甚至于顶着不办，让群众、企业和外来客商见之生厌、深恶痛绝。效能是干部作风的直接体现，也是一个地方党委政府执政能力与外在形象的重要窗口。改变效能低下的状况，要求我们树立改革意识，转变政府职能，转变工作作风，提高行政效能，提高公务员素质，当前尤其是要在行政审批上动真格、下狠招，清理审批事项，精简审批手续，减少审批环节，规范审批行为；坚持政事分开、政企分开、政社分开，努力解决政府"错位""越位""缺位"的问题。"两江"考察和全市县域经济工作会后，我们让一些涉及人权、事权的职能部门在县电视台和《光山通讯》上做出公开的服务和办事承诺，并把这些承诺印制成册下发到基层和人大代表、政协委员和重点工商企业主手中，广泛接受评议，对经评议认为不合格的还要重新做出承诺和再次接受评议，受到了客商和群众的一致好评。我们又派出专业人员到安徽广德去具体对接其行政服务中心建设，并以其标准来逐步改造光山的行政审批中心，并要求每个职能部门都要对照先进地区同行的经验与做法具体对接学习，达到不断提高、不断进步的目的。我们还结合外地的一些先进做法，出台了《关于开展2008年度公开评议机关活动的通知》，并把评议范围扩大至部分职能部门的职能股室和二级机构，以此促进政风行风的持续好转。在新一轮的解放思想中，我们将进一步加大改革创新力度，深化行政审批制度改革，完善行政服务中心建设，规范公务人员的执法执纪行为，着力完善各项工作制度，切实提高工作效率和工作水平。

五要砸掉瓶颈束缚之缸，树立市场意识。"两江"地区非常善于用无限的市场来解决有形的问题，多元化的机制、市场化的运作是他们最有效的手段。光山在发展中，部分干部不善于用市场的手段来解决问题，习惯于行政命令、大包大揽，往往造成工作推动不顺，甚至激发矛盾。如房屋拆迁、建设用地、企业融资等问题一直是我们在发展中的瓶颈问题、"卡脖子"问题，使好的重大项目进不来、正在建设的项目推进慢。这些难题，其实就是有形的"缸"，要突破其束缚、制约，我们就必须树立市场意识，遵循市场规律，从市场中吸纳要素，从市场中寻找资金，从市场中获取机会，最终找到解决问题的根本之法，政府在其中的作用是积极引导而非主导。如在拆迁问题上，除依法拆迁外，还可以探索"感情拆迁""责任拆迁"等模式，让被拆迁户觉得再不支持配合拆迁就于情、于理说不过去；在用地上，除积极争取用地指标外，还要积极探索"腾笼换鸟""产权置换""开源节流"等新办法，在提高土地利用效率上下真功夫；在资金上，可以探索成立政府性质的担保公司、投资公司，与金融部门共同搭建融资平台，解决一些中小企业融资难问题；等等。

光山是智慧之乡。光山人聪明、智慧，我到光山工作已经一年多了，从中学习到了很多，感悟到了很多。目前，光山加快发展的基础好、潜力大、优势多，上级的要求、群众的期盼使我深感责任重大。我愿做新时代的砸缸人，紧紧依靠全县80万人民，同心同德，群策群力，把发展中的问题解决好，把光山的事情办好，让上级放心、让群众满意。

附录：考察纪行

南风劲吹发展潮
——县党政考察团赴珠三角经济圈考察纪行

他山之石，可以攻玉。

4月13日下午，县长文宗锋、县委副书记魏晓莉率领光山县党政考察团启程赴珠三角经济圈学习考察，以参观先进地区经济建设和社会事业发展新面貌、参观城市经济特别是工业企业发展新成果、学习当地优化经济社会发展的新经验、学习先进地区城市市政建设和管理经验为主要任务，上门取经，为光山新一轮发展打牢思想基础。

4月的中原，春意盎然。而快速发展的珠三角经济圈却让考察团一行提前度夏，感受到了南方的热烈。

考察团于当日下午4点57分从信阳乘火车出发，到达广州市转乘大巴再到佛山市已是次日的午餐时间。我们考察的第一站是佛山市的禅城区，该区是佛山市政府所在地，面积154平方公里，人口110万，2007年实现生产总值687亿元，已形成了陶瓷、纺织服装、不锈钢、铝型材、机械制造、电工器材、电子、激光音像制品、制药、新材料、造纸、塑料、食品调味、汽车零部件等支柱行业。其中陶瓷是该区最重要的产业，有"南国陶都""中国建陶第一镇"之誉，市场占有率达65%；不锈钢产量占全国的三分之一；仅"海天"酱油一个企业的年税收就达三个多亿；陶瓷机械占全国制造量的80%。我们参观了东鹏陶瓷展馆，仔细地观看那些精美的建筑产品，亲手抚摸那些灵性的陶瓷，认真欣赏那些精心设计的产品，切身感受了陶瓷的艺术魅力和现代设计理念。

在佛山市的顺德区，我们参观了陈村的花卉世界。陈村花卉世界规划面积10000亩，经过10年的发展，已开发5000亩，聚集花商600余家，花卉出口占全国的70%，集花卉生产、贸易、科研、培训、信息、进出口、展览、旅游等多功能于一体，成为国内最大的花卉产业园区。在"七巧花卉园"参观，我们如同走进了一个绿色王国，各种花卉、盆景生机盎然，盆景标价几万至几十万元不等，让我们看到了现代农业的巨大市场价值和潜力。

参观完了花卉世界，我们又马不停蹄地赶到顺德区行政服务中心参观。这是一个气势恢宏的建筑，很远就领略到了其设计的大气与豪华。该中心位于顺德新城区德民路，分东西两座办公大楼，建筑面积11万平方米，总办公面积2.8万平方米。其中西座为建设项目报建窗口，主要办理国土规划、建设、施工许可等报建手续；东座为除建筑报建外的所有部门有关职能机构及服务窗口，主要办理各类证照的审批手续。目前进入办公的职能部门42个，审批事项397项。对外窗口208个，全部采用敞开式对外服务，各层均设有宽敞的群众轮候区，并提供问询导办、排队叫号、查询公用电脑、饮水设备、吸烟室等设施，为服务对象提供优雅舒适的办事环境。中心同时配套有报关公司、金融、保险等10多个中介服务机构，方便企业和市民办理其他相关事宜。中心还使审批事项做到一个窗口受理、同步（并联）审批、限时完成，推行首问负责制、一次告知、当场纠正等制度，真正体现了"为人民服务"的宗旨。

在顺德区展览馆，当我们看到琳琅满目的工业产品，看到科龙、美的、万家乐等全国的知名品牌原来都是产自这里，心里无比惊叹。我们了解到顺德已成为全国最大的空调器、电冰箱、热水器、消毒碗柜生产基地之一，以及全球最大的电饭煲、微波炉供应基地。形成了家电、电子、机械、涂料、家具、包装印刷、医药和服装八大支柱产业，拥有"家电王国""家电之都"的美称，有广东"四小虎"之一的美誉。2007 年，全区生产总值 1279.3 亿元，工业总产值 3304 亿元，城市居民人均可支配收入 24299 元，农民人均收入 10878 元，财政收入 234 亿元，地方财政收入 68.4 亿元，以每年 13 亿元的增长速度快速增长。

我们每一个参观团成员都不得不感慨这里的经济奇迹！

在佛山市南海区，我们参观了纺织基地西樵镇。西樵，是一个以纺织、旅游、五金、印刷、陶瓷和"三高"农业闻名的名镇，是康有为、詹天佑的故乡。1873 年，中国第一家缫丝厂"继昌隆"在西樵诞生。2002 年，中国纺织工业协会授予西樵"中国面料名镇"称号。该镇是南中国著名的轻纺城，全国三大纺织市场之一。我们参观了该镇的创新中心和软件科技园，西樵纺织产业高度集聚，周边 3000 家纺纱、织造、印染、服装、纺织机械企业，形成了完善的纺织产业链条。其纺织品批发市场占地面积 54 万平方米，拥有高档豪华别墅式商铺 3000 多间。他们坚持引进"两大两小"企业，即投资密度大、创税大、用地小、污染小。西樵除了一大批上规模及具有知名品牌的纺织服装企业外，还引入了其他高新技术产业，如印刷、电子、玩具等企业，其中超亿元的企业十多家。

南海，是一个美丽的地方，有著名的南粤名山——西樵山，西江和北江在此交汇，山水如画，风景叠翠。南海有"中国铝材第一镇""中国内衣名镇""中国日用五金之都"等一批产业集群，有 4 件中国驰名商标、10 个中国名牌产品、67 个国家免检产品。有高新技术产业 95 家，2007 年高新技术产品产值 798 亿元，年增长 48%。

16 日，考察团前往江门市参观考察新农村建设。在去江门新会区的途中，我们顺便游览了小鸟天堂景区，这里是因巴金先生的经典散文《鸟的天堂》而闻名中外的。当年巴金先生路过天马村的小鸟天堂这个天然赏鸟胜地时乘船游览，叹为观止，欣然写下了《鸟的天堂》。380 年前，河中有一小岛，岛上有一棵榕树长期繁衍，枝叶覆盖了一万多平方米面积的全岛，树上栖息着千万只小鸟，天马村的人世代与小鸟相伴，鸟树相依，人鸟相处，和谐自然。我们乘船游览，观鹭鸟飞落，听女导游轻唱岭南情歌，既感谢县政府办的同志把考察日程安排得紧凑而多彩丰富，又感到自己远离尘嚣，走进天堂，拥抱自然，亲近小鸟，净化心灵……

江门市新会区的奇榜村，现有人口 350 户，1300 人。该村1998 年以来与两家企业共同联营水果批发市场，批发市场占地面积 12 万平方米，有 300 多家批发商，年交易额 20 亿元，成为国家农业部定点市场。同时，他们在江会路旁兴建商铺、厂房出租，招商引资几家大型企业，商贾云集，带动了运输物流业、酒店餐饮和房屋出租等二、三产业的迅速发展，并建起了汽车交易中心、商业街和三鸟批发市场，"商业兴村"之路越走越广，村集体经济每年保持了 20% 的增长速度，2007 年村集体纯收入 1000 多万元。村里有了积累，他们从 2005 年开始高起点规划建设新农村，第一期 129 幢连片别墅住宅楼已基本完成，村民只需要 139800 元就可以住上一套 250 平方米的单体别墅。奇榜村还规划建设 320 套别墅，并与村南的 4A 级旅游区圭峰山国家森林公园以及周围的山地、林地等有机结合，打造农家旅游区、主题特色农耕体验区、体育运动区和旅游特色风情街。

如果说奇榜村是一个新兴的"商业村"，那么在白石村，我们看到的则是典型的"城中村"。白石，一个被时任中央政治局委员、广东省委书记张德江特别关注的地方，不但有着都市的壮观和优美，更兼有经济强村的大气与富有。该村位于江门市蓬江区，属于城郊接合部，面积 4 平方千米，辖 15 个村民组，村民 4312 人，集体经济以物业、工业、房地产三大产业为支柱，2007 年全村社会总产值 10 亿元，集体纯收入 1 亿元，上交国家税收 6000 多万元。我们在该村投资 700 多万元建起的村文化活动中心参观中了解到，白石村实施"物业稳村、工业强村、地产活村"的经济发展战略，全村拥有物业面积 45 万平方米，其中标准工业厂房 33 万平方米，商铺 12 万平方米。白石兴江转向器公司被省定为高新技术企业，年产量超 10 万台；村 5 家企业均获得 ISO 质量体系认证；怡抗康华庭商品住宅荣获全国首批绿色社区称号。全村 15 个自然村全部被省市评为标兵文明村和卫生村；村民实行退休制度，每人每月最低退休金为 900 元；村民子弟实行 12 年免费入学教育，投资 2000 多万元兴建一所省级学校，并设立 400 万元的教育基金；投入 4000 多万元新建白石正骨医院，这是一座二级甲等专业医院，有病床位 160 个，村民住院医疗费报销不封顶，在全国村级可能也是绝无仅有的。我们走在村民的别墅群间，白石村的同志介绍说，他们 10 年前开始规划建设，两年建成，整个建筑设计理念体现了超前和以人为本的理念。我们看到，每一户农家院内设计风格迥异，假山、喷泉、鸟语花香，构成了美妙闲适的和谐画图。

江门市的一位副区长在带领我们参观了白石村后介绍说，江门有五多，即：华侨多，全市现有人口 410 万，海外华侨有 400 多万，相当于两个江门，是中国第一侨乡；雕楼多，所辖开平市有雕楼 3800 多座，是中西文化结合的建筑，被列为世界文化遗产；产业基地多，有摩托车、水龙头、纺织、麦克风等 12 个国家级产业基地，摩托车产量占全国的九分之一，麦克风产量占全国的七成多；名人多，江门有院士 31 人，艺术界人士更是数不胜数；高速公路多，9541 平方千米的区域内有九条高速公路，总里程 380 千米。2007 年全市国内生产总值 1095.3 亿元，地方财政一般预算收入 62.4 亿元，规模以上工业总产值 2235.5 亿元，增加值 520.64 亿元。

我们赶到珠海市时已是 16 日的傍晚时分。珠海的情侣大道上棕榈摇曳，海浪拍岸，珠海渔女俏立在海边迎接我们这些远道而来的宾客。大巴绕过繁忙的拱北口岸直达华骏大酒店，珠海的夜便属于了我们。

第二天，我们照例是早晨 7 点起床，早 8 点开始驱车参观考察具有世界品牌的格力空调。珠海位于珠江出海口两岸，是一座著名的花园式海滨城市。2006 年实现全市国内生产总值 749.6 亿元，人均生产总值 5.2 万元，地方一般预算收入 60.3 亿元。珠海是国家"双拥模范城""卫生城市""全国精神文明建设十佳城市""中国旅游胜地四十佳"和"园林城市"，格力空调总部及一个主要生产基地就设在珠海的高新技术区。

格力电器股份有限公司成立于 1991 年，是目前国内乃至全球最大的集研发、生产、销售、服务于一体的专业化空调企业。该企业以"创立国际品牌、打造百年企业"为目标，凭借诚信务实的经营理念、过硬的产品质量、领先的技术研发、独特的营销模式和完善的售后服务赢得了国际空调市场的领跑地位，产品远销 200 多个国家和地区，用户突破 6700 万。在生产车间，我们参观了现代的流水作业生产线，看到了格力空调从元件到成品的全部组装过程。格力空调在巴西、重庆、合肥、斗门龙山设有大型生产基地。2006 年实现销售收入 240 亿元，2007 年实现销售收入 380 亿元，连续 13 年居全球同行业第一。

从格力电器公司出来，我们参观了珠海"农科奇观"一农业高新技术示范园。这里是典型的观光农业园区，集示范、科技推广、贸易、观光、科普于一体，占地面积 2000 亩，有员工 45 人，以蔬菜无土栽培和瓜果种植、观赏为主，这里有 27 个具有知识产权的品种，花卉品种达 4 万余种。

18 日上午，考察团一行前往中山。第一站是中山市民众镇的群安村，沿途看到成片的香蕉园郁郁葱葱，香蕉已经基本成熟，被农民用蓝色或黑色的塑料袋包着，透着沉甸甸的丰收景象。群安村本着自愿、有偿的原则，用三年的时间完成了对现行土地政策进行产权改革，成立了股份制联合社，实现了对土地的合理流转，进行集约化经营，形成规模农业，也促进了劳动力合理转移。土地集中后，由村里统一发包，村里负责基础设施建设。该村 40 万的劳动力现在只有 10 万留在农业上，从事养殖、收购、加工等产业。该村规模开发优质农产品蔬菜示范基地 3000 多亩，实行"基地＋科技＋联合社"的经营模式，村民参与度很高。该村生产的蔬菜，主要销售到香港和澳门地区，每斤市价 2-3 元，创下了亩产出超万元的巨大经济效益。看到连片的土地在进行规模种植，我们也看到了科技能量注入农业所产生的巨大市场价值和发展潜力。

中山市是孙中山的故乡。我们在中山还参观了火炬高新技术开发区和火炬国际会展中心。火炬高新技术开发区占地1万多亩，人口5万，外来人口30万，是国家火炬计划（中山）装备制造业基地、国家健康科技产业基地、中国包装印刷生产基地等七个国家级产业基地。以电子信息、生物医药、包装印刷、化学工业、汽配工业等五大主题产业为发展重点，吸引了1000多家国内外知名企业落户，初步建成了一个集科研、工作、生活和休闲娱乐于一体的现代化科技新城。2007年实现地区生产总值187.5亿元，工业总产值715.2亿元，税收25.5亿元，出口创汇38.4亿元。开发区正在开发建设科技产业带、鲤鱼工业园、华南现代中医药城、逸仙微电子产业园，大力发展装备制造、节能和新能源、微电子和通信设备、健康医药等新兴优势产业。

下午，我们赶到东莞市。走进东莞，这片2000多平方千米土地上，常居人口有150万，外来人口却高达500多万。东莞地理位置十分优越，南面珠江口，离深圳机场只有25分钟的路程，是广州前往深圳、香港的必经之地。东莞有"前门后店"之誉，是驰名的电子、机械五金模具生产加工基地。我们首先参观的是其辖下的长安镇。

长安镇本镇人口不足4万，外来人口70万，有着典型的外向型经济特征。区域内集聚着外资1100多家，其中有800多家是港商投资的。有1600多家工厂，其中30多家是大型跨国公司和上市公司，这些企业大多来自美国、日本中国香港、中国台湾等国家和地区。这些企业以电子、五金、模具、玩具、制鞋业为主，仅电子工业年出口就高达53.3亿美元，连续9年居同类镇第一。长安镇的广场上巍然矗立着一幢雄伟、壮观的大楼，让人难以想象这居然是一个镇级政府的办公楼！该镇的绿化覆盖率40.2%，道路绿化覆盖率100%，是首届全国造林绿化百佳镇之一。长安镇有星级酒店10家，其中五星级酒店3家，还有一个27洞的国际高尔夫球场。2007年，镇两税收入22.9亿，社区纯收入5.5亿元，居民小组纯收入4.5亿元，各项存款余额244.5亿元，镇、社区、村民组三级集体资产总额185.2亿元。

据东莞市的领导介绍：东莞的经济高度发达，综合经济实力连续三年位居全国大中城市第12位，先后获得国家卫生城市、全国绿化模范城市、中国最佳魅力城市、中国最具经济活力城市、中国典范品牌城市、制造业十大最具竞争力城市、中国投资环境百佳城市和国际花园城市等荣誉称号。东莞的经济要转型，工业结构也要调整，高耗能企业要减少，要提高人口素质。政府服务职能要进一步提高。随后，我们参观了步步高视听公司。

"贵人出门多遇雨。"我们参观"蓝月亮"时，总经理邓刚在致欢迎辞中如是说。19日上午，受今年第一号台风影响，广州下起了大雨。我们冒雨来到广州市的黄埔区，这是我们考察的最后一站。这里是黄埔军校所在地，是一个千年老港，贸易活跃，有着很好的工业基础。在黄埔区的云埔大型工业园区，集聚着台湾统一食品、七喜电脑等知名企业。

蓝色夜空，神秘而浪漫，一弯新月，独立中天……我们在"蓝月亮的世界"的引领下，走向了"蓝月亮"。蓝月亮实业有限公司是国内首家大型生产喷雾清洁剂的专业厂商，在全国日化行业排名第四位，专门生产洗涤产品。洗手液、厕清和地板清洁剂三个品种的市场占有率为全国第一，产品涉及家具、厨房、衣服、护理等各个领域的清洁洗涤。

随后，我们又参观了七喜手机、七喜电脑和电源车间。七喜电脑公司是云埔工业园的龙头企业之一，2004年上市，市值30亿元，在南国的IT企业中占有重要席位。该企业年工业产值突破100亿元，税收4亿元。在七喜电脑和电源组装车间，我们看到工人们在不停地忙碌，据说七喜电脑市场已供不应求。

在短短的七天的时间里，考察团一行50余人在珠三角经济圈的佛山、江门、珠海、中山、东莞等地，走企业、进车间、看港口、访市场，日程紧凑，风风火火，快节奏，高效率。考察团7天时间内穿梭于珠三角经济圈的6个市（区）辗转20多个考察点，时间和行程安排科学得体，每到一处都得到了当地政府的热情接待和陪同，圆满完成了全部考察任务。这次考察活动，充分展示了光山县领导干部雷厉风行、优质高效的工作作风和密切的团队精神。连续7天时间，大家一路看，一路听，一路议，感慨颇多，启发很深。耳闻目睹珠三角经济圈滨海经济带一派加速发展的景象，每个同志无不真切地感受到强烈的震撼。我们对珠三角改革开放以来，特别是近年来完善市场体系，发展民营经济，改善生态环境，解决民生问题取得的辉煌成就，有了更深刻的切身感受。

珠三角到处生机盎然、充满活力。我们聆听发达地区的经济社会发展情况介绍，我们充分感受到了珠三角人民强烈的进取精神。"海不辞水，故能成其大；山不辞土石，故能成其高。"他们在改革发展过程中形成的许多宝贵经验，值得我们认真学习借鉴。

这里的沿海人民有着海一样的胸怀，海纳百川，有容乃大。他们奋发图强、励精图治、与时俱进，逐步形成了坚忍不拔的创业精神、敢为人先的创新精神、奋发有为的自强精神、不图虚名的务实精神、恪守承诺的诚信精神、勇往直前的开拓精神、吐故纳新的包容精神和互信互利的团队精神。在这种精神的引领下，率先进行市场取向改革，大力培育充满生机与活力的市场主体，极大地解放、发展了生产力，赢得了发展先机，推动形成了不同所有制经济互相融合、共同发展的局面，涌现出一大批全国闻名的大企业、名品牌。

在学习考察回来的第二天下午，考察团全体成员就在县卫生局召开座谈会，大家踊跃发言，说观感，话发展，提建议。

大家纷纷感到：学习珠三角，首先要学习珠三角精神，进一步解放思想，重新审视光山的发展定位。大家一致要求，我们抓住珠三角地区工业转移的机遇，大力引进工业项目，大力治理发展环境。我们所到之处都十分重视环境建设，城市建成区绿化覆盖率高，森林覆盖率高，多数城市是公众首选的宜居城市。实地考察后，全体考察团成员感悟良多，体会深刻。大家认为，学习珠三角之长，就是要进行思想大解放，只有思想大解放，才能推动光山新一轮的大发展。